ファディダディ・ストーカーズ

芹澤 桂
SERIZAWA KATSURA

幻冬舎

ファディダディ・ストーカーズ

装幀　松昭教（bookwall）
装画　冬目景

fuddy-duddy

やぼで時代遅れの(人)、
旧式な(人)、
口うるさい(人)

——ジーニアス英和辞典より

1

久しぶりの、二人での遠出だった。

お昼前から駅で待ち合わせて、美術館でヨーロッパの風景画ばかり集めた企画展を観た。三ヶ月もやっている人気の展示で、まだ暑い頃から行きたいと言っていたので、覚えてくれていたみたいだ。彰人《あきひと》が絵に興味のある人で良かった、と前なら思ったのだろう。

昨日電話で話したとき、車で家まで迎えに行くと言ってくれたけれど、友達の家に寄るから、と私はそれを断った。そういえば迎えに来てもらうのではなく、外で待ち合わせるのも久しぶりだ。私はこの冬初めて、ウールのコートをクリーニング屋のビニールカバーから出して着た。

ゆっくり美術館を楽しんだ後は遅めのお昼ご飯。二人で散々迷って、結局二人とも食後にデザートとお茶を頼んだから、お店を出たのはもう午後四時近かった。

最近は彰人も私も忙しい。なかなか会う時間が作れないのは寂しかったけれど、私一人だけが忙しいのはなんとなくばつが悪いので、彰人も忙しいと少し安心する。古い考えだとわかってはいても、女の方が男より長く働いてお給料もたくさんもらう、という状況は、私にとってはまだまだ居心地が悪い。例えば平日の夜に向こうがたまたま時間が空いていても、私の仕事の方が立て込んでいてすれ違いになると、申し訳ないと思う。ただでさえ、彰人が働いているゼネコンでは半年ほど前から、人件費削減のために残業時間が制限されるようになった。対して私の勤める広告代理店は小さく、有名でもなく、従業員も二十名強しかいない。よって、残業のない日なんてほとんどない。残業をすればするほどお給料が増えて会社での評価が上がるのも、彰人が私に合わせて時間の都合をつけてくれたりするのも、後ろめたいのだ。今の東京には女が、男が、なんて考えはもうほとんど存在していないとすら思っていたのに、私の中に、古い時代が確かに残されていた。きっとこれは、もうずっと続くんだろうと漠然と思う。逆に彰人は、古い考えやつまらないルールにとらわれない人だった。彼の頭には、こうしなければいけない、という既成概念がない、もしくは他の人とずれている、らしい。生パスタが美味しいと評判のお店に行っても、自分が食べたければピザを頼むし、全十巻の漫画の五巻から読み始めたりもする。そういう自由さを見ているのが私は好きだった。

手に買ったばかりの画集を提げて、海に面した公園まで来た。気の早い船が、ひと月以上も先のクリスマスを意識してか、日が沈むのも待たずにイルミネーションで飾られている。シンプルな青い光だった。薄曇りの冬の空が、夕焼けと呼べるほどではないけれどほのかに黄色に染まっていて、空の下の海はイルミネーションに無関心に見えた。

「さっきの絵みたいだな」

彰人が手すりの向こうに両手を投げて寄りかかる。彼は手ぶらだ。美術館ではポストカードを二枚買っただけだった。私の知らない、ウィリアムなんとかという印象派らしき画家の絵。「その画家好きなの？」と聞くと、「画家は知らないけど気に入った」と言っていた。展示品の中にはなかった絵を、ミュージアムショップの大量にあるポストカードの中から見つけて買う、という彰人らしさに少し笑った。私は横から覗《のぞ》いただけだったけど、確か、夕陽を背負って去っていく船が描かれていたはずだ。

「ちょっと色が違う気がする」

今日の空も確かに夕陽に染められてはいるけれど、夕闇の群青の方が勝っていて全体的に霞《かす》んでいる。例の絵は空も夕陽も、もっと鮮やかだったように思う。

「さすが元美術部」

「高校のときの話だってば」

「それでも、そういう感覚ってなかなか消えないと思うよ。感性っていうのかな」

私も横に並んで手すりに寄りかかってみると、決められていたかのようなタイミングで彰人が後ろから腕を回してきた。

ときどき、こちらがびっくりするぐらいスマートに、彼はこういうことをやってのける。

すぐ後ろでほっとしたような、それでいて少年のようないたずらっぽさを含んだ声。

「あったかい」

気付いていた。

一日、ずっと彰人の声は硬かった。風邪をひく前兆みたいに、咽喉《のど》のあたりが詰まったような話し方をしている。今日だけじゃない。昨日の電話も、先週の電話も、そうだった。強張った声で電話をかけてきて、私が先の約束をしたり、彰人が冗談を言ったりして、一時的に力を抜く。そういうやりとりが、ひと月ぐらいだろうか、続いている。

私はそれに気付きながらも、段ボールが増えていく部屋で、ひたすら自分のことばかり考えていた。

考えた結果は、いつも同じだった。

今、私がその腕から逃げないことに彰人が小さな安心を感じているのも、背中から伝わってくる。恋人という立場では、その程度の愛情表現に見返りを求められることもない。しかし、裏切るようなことを考えている場合はどうだろう。温められるほど、同じ強さで責められている気になる。

「感性かぁ……」

語尾を伸ばして考え込むふりをした。温かさの中で、もう一度だけ迷った。

この人なら大丈夫かもしれない。子供じゃない、立派な大人だ。ただの遊びで付き合う人とも思えない。もうすぐ一年半。怖いぐらいに誠実だ。いや、でも、だからこそ。

目に浮かぶのは白い病室。安堵《あんど》しきった家族の顔。大人たちの会話と、その意味がわかるようになった、大人になってしまった自分。

勝手なことは許されない。

「仕事、大変？」

きゅ、と目の前に回された手が組まれた。いつの間にかうつむいていた私の顔を覗き込むような距離で、彰人の声が響く。

組まれた指は固く重ねられていて、私はまた、その不安を確認せざるを得なかった。

「そうでもないよ」

首だけ回して笑って見せる。すぐそこに、彰人の顔があった。私の耳が、彼の頰に触れる。

「来月は絶対忙しいけど、今は割と落ち着いてるかな」

「でも、最近変というか」

「変、かな？」

答えは用意してあった。

最近上司とうまくいっていない、でもいいし、海外ドラマにはまって寝不足、でも良かった。何回も考えていたので、何通りも答えようがあった。

なのに、その心配顔を見て、いつまでもごまかし続けることの方が残酷で、汚くて、相手の負担を増やすだけだと気付いてしまったのだ。

不安にさせて、その場しのぎの言葉や笑顔で安心させて、また不安にさせる。

終わりにしなければいけない、のかもしれない。

「うん、ちょっと」

そう答えた彰人の声は逃げ難いほど真剣だった。それだけで全部、計算を投げ出したくなる。

「大丈夫。なんでもない」

私は辛うじて答え、また海の方を向いた。

あとはタイミングを測るだけだ。わかってる。

さっきまで控え目だった船のイルミネーションが、落ちていく夕闇の中で点滅をし始める。凝った造りではなく、隣同士で交互に点滅を繰り返すだけだ。一つ一つの光は薄く、小さくて、時計の秒針よりもゆっくりとした動きだった。

去年のクリスマスには腕時計をプレゼントしたんだっけ、と目の前の手首にはめられたクロノ

グラフを眺めていると、

「今年はどうする？」

彰人が小さい咳払いを一つ、挟んで続けた。

「クリスマス」

そこまでだった。

私は隠す気のない浅いため息をついて、彰人の腕から離れた。もう、聞こえてもいいはずだ。

正面から見据えると、彰人はやっぱり少年のような不安な目を揺らしている。

私がそうさせているのだ。このところ誘いにはなかなか応じない、家にもあげない、待ち合わせ場所は現地にする。そのくせ、いざ会うといつもと変わらない態度を見せたりもする。

彰人もきっと何かを覚悟して、その言葉を待っているんだろう。固く結ばれた口元を見て私は、自分の中にある演技力を全部かき集めた。

「ごめん。クリスマス、会えない」

今年はイブが土曜日だ。

「……仕事？」

「違う」

提げていた画集の入った袋が揺れるので、私はそれを両手で持ち直した。

「別れて」

そして冷たく微笑《ほほえ》んで見せた。

家まで送る、という申し出を断りきれなかった。

まだ学生の頃、人を振るときは相手が納得いくまで説明するのが義務だと、私は思っていた。たぶん、今の私の中にもそういう気持ちはある。

だからこそ、彰人が納得のいく理由を自分が持ち合わせていないと自覚している今、きちんと話すという作業はひどく気が重かった。かといって、人目のあるところでいつまでも話すわけにもいかない。

車が走り出して助手席から窓の外を見ていると、お酒を飲んだときみたいにだんだん頭が鈍くなっていった。

ラジオもCDもかけない車内で、私は何か別のことを考え続けていた。

「だから最近変だったんだ」

高速に入ってやっと、彰人が口を開いた。追い越し車線のトラックの音に消えそうだった。家までは一時間半。短く感じたときもあったのに。

「うん。たぶんそう」

「……理由、聞いていい？」

掠《かす》れた声にならないように、それだけを祈って、私はフロントガラスを見た。

「なんていうか、簡単に言うと、将来が見えないから」

「……将来が不安、ってこと？」

建設業界はどこでも不況だらけだ。彰人の会社でも、年輩の社員から順番に、退職勧告が出されていると、いつかこぼしていた。

「…………」

ここに来てもなお、一瞬だけれども私は、相手のプライドを傷つけないで終わらせる方法を探してしまった。でもそんなの、ないに決まっている。

相手の幸せを願っているから選んだことが、副作用のように棘《とげ》を植え付けてしまう。なんて不条理な作業なんだろう。

「……不安っていうより、今の彰人と、今の私が、これからもずっと一緒にいるのって、想像がつかない」

そしてそれは、実現したとしても私が望む形じゃない。

彰人が前を向いたまま、小さく笑った。

「そういえば、なつみ言ってたな。最初の頃」

なんの話かわからずに、私は視界の隅の彰人の左手だけ、なんとなく見ていた。

「人と付き合う前はいつも、付き合っているところを想像できるかどうかで決めるって」

まだ、付き合うことなんて考えもしていなかった、会ったばかりの頃の話だ。

「そのあと付き合うことになったとき、想像がついたんだ、って俺は思ってたけど、違ったんだ？」

「……違くないよ」

そんな細かいことまで覚えているなんて。そんなことで自嘲《じちょう》するなんて。探せばいくらでも彰人の欠点は作れそうだった。そういう小さいものを集めて、固めて、一つに尖《とが》らせることができたら、別れるのなんてすごく楽になるのに。

それができない私は、過去までもを嘘で固めることにした。

「確かに付き合っているところは想像がついたけど。そこまでは想像通りで、その先がなかったの」

彰人が運転を誤らないか、頭の隅で心配しながらも続ける。

「楽しかったけど全部想像の範囲内のことで、たぶんそれ以上はこの先もないんだと思う」

アプローチはどうであれ、この先はない、それだけ伝えれば充分な気がした。

車はスピードを落とすでもなく出しすぎるでもなく、順調に高速の上を滑って行く。静かな彰人の車の中は、夜だといつも雨みたいな音がする。前にそう話したとき、彰人はなんて答えたんだっけ。大切なことではないけれど、もう、忘れてしまった。

人間に、忘れるという機能が備わっていることに私は感謝しなければいけない。

車線変更をして料金所に向かう。高速を降りると私の家までは環状道路を使って二十分もない。

「……他に好きな人ができた、とかじゃないんだよな」

最初に信号で停まったとき、彰人が口を開いた。最後の望みをその問いにかけた、すがるような声だった。

正直だけが誠実だとは限らない。

「できたよ」

高速から出てくると、信号で停まることや目の前を人が横切っていくことが新鮮に感じる。私は子供の頃から、最初に停まる信号がどこになるのか、いつも心待ちにしていた。誰の車に乗ってもそうだ。

すぐ目の前の信号が青に変わる。

進んでください。今はそう思う。

「他にいる」

私は車に乗って初めて、彰人の顔をきちんと見た。

彰人は少しだけ目を合わせて、アクセルを踏んだ。

「……そう」

充分だった。

彼は子供ではない。泣き叫んだりするようなみっともない大人でもない。分別、と言っていいのか、そういうものはちゃんと兼ね備えている。取り乱すような人だったら、私はもっと別の形の嘘をついただろう。

アパートの前に着くと、ゆっくりと車はいつもの位置に停まった。

「じゃあ……」

ありがとう、と言いかけ、それを飲み込んだ。

「……うん」

彰人も言葉に迷っているのが伝わってきて、私は今まで送ってもらった中で一番そっけない動きで、バッグを持ってドアを開けた。

ドアを閉める。窓越しに、彰人がこっちを見ていた。責めるでもなく悲しみを訴えるでもなく、本当にただ私を、しっかりと見ていた。

何かを引きちぎるように、私は無理矢理帰る方向に目を逸らし、そのまま歩いて行った。

アパートへの小道に入る。後ろで車の走り出す音がする。あれは彰人の車の音じゃない、一緒に聞こえるけどなんとなく違う。まだそんな都合の良いことを頭の隅で考えながら、自販機の光に照らされて目を細める。そのまま階段を上がる。

カーペットも剝《は》がし終えた見慣れない自分の部屋に着くと、私はその場でしゃがみこみたくなった。

辛うじて靴を脱ぐ。それだけの余力がある自分を、改めて呪った。

本当に、呪われればいいのに。

会社での引き継ぎは済んでいる。仲のいい同僚は、先週末の内に送別会を開いてくれた。取引先には実家に帰るとしか伝えていないので、結婚するものだと思い込んでいる人もいるらしい。仕事より家庭を取った、という意味なら正解だ。

不動産会社にも連絡した。準備は整っている。

住む家を変える、ということは人と別れることによく似ている。

賃貸契約を解除し、何も残さないように掃除をしたら速やかに出ていくだけだ。後のフォローは私の役目ではなく、もう所有者の顔をして関わることも許されない。

段ボールだらけになった部屋を見て、次の人に愛してもらってください、そう願わずにはいられなかった。

2

クソ親父への当て付けが九割だった。

ぐるりと部屋を見渡す。砂ぼこりで曇りガラス仕様になっている窓、軋《きし》んで素敵なハーモニーを奏でるフローリングと扉、生まれて初めて見る今どき外付けのガス湯沸かし器、洗濯機置き場はもちろんベランダ。

やけになって記念写真を撮りたくなるぐらい、完璧なぼろアパートだ。

「親父じゃないでしょ。パパって言いなさい、パパって」

シミのついた天井の辺りから声が聞こえてきそうで、かき消すように私は段ボールの口をべりっと開けた。段ボール独特の、ほこりっぽく紙っぽい匂いが部屋に広がり、片付けに集中し始める。

衣類の入った箱が三つ、本やノートの入ったのが一つ、台所・風呂用品も一つ、あとは折りたたみ式のローテーブル、布団一式、手のひらサイズのポータブルスピーカー。それだけ。

それらを全部配置するのに、一時間もあれば足りた。棚なんてないので床とクローゼットにじかに置く。一間あるクローゼットも流しの下も、がらがらだった。カーテンはまだ買っていないので、当分窓の汚れは落とさないようにしよう。幸い、窓の向こうは近所の人が趣味でやっているという畑、見られる心配はあまりないだろう。百均でユニットバス用のシャワーカーテンが売っていたので、それで代用するのもありだ。冷蔵庫と電子レンジは、備え付けの小ぶりなものがある。洗濯機は高いので買えるまで手洗い。電気代もかからないしエコロジー。

　これが、今年で二十歳になる私の城だった。


　親父とは休日に一緒に出かけちゃうぐらい仲が良かった。嫌々じゃない、割と自発的。それも中学入るまで、なんていう話じゃなく、大学生になってからも続いていた。

　家族の仲はもともと悪くない。親父は私と弟を甘やかし、母がそれを見つけて親父を叱る、そういう程度の家族間の交流はあったし、親父はその世代にしては背が高く顔も悪くないので、映画や買い物なんかに行くのも嫌じゃなかった。話を聞いて「ファザコン？」と馬鹿にする友達も、うちに遊びに来ると納得して何も言わなくなる。そうやってみんなが黙るようになるのが、一番爽快だったのかもしれない。親父の服を選ぶときはいつも、そういう場面を想像して、なおかつ頭の中で友達がドアから入ってくる角度まで綿密に計算していた気がする。南向きのリビングで映える、ラベンダー色のセーター。若者には着こなせない、上質なピンストライプのシャツ。その辺のワイドショーの、親父ファッション改造コーナーなんかよりもよっぽどコーディネートには自信がある。

　親父も親父で子供にはとても甘かったので、おねだりされるとわかっていても私や弟の誘いを断ることはなかった。雑誌に載っている人気のカフェなんかは私たちより親父の方が会社の若い人からいち早く情報を仕入れてきたし、子供の頃のお誕生日会の幹事は常に親父で、変な遊びを思い付いて私だけでなく友達まで楽しませていた。家庭のエンターテイナー、ときにはレジャー案内人。そういう役割。

毎年五月の下旬は、横浜中華街で食事をして元町や桜木町でお買い物をして、というデートに出かけるのが定番になっている。別になんの記念日でもなかったけれど、初めて二人だけで横浜にでも行くか、と出かけていったその日がとてもよく晴れていて夏の自分をイメージしながら服やバッグを物色するのに適していたので、以来毎年その時期は横浜、と自然に決まってしまった。毎年同じお店で中華をたらふく食べ、内臓脂肪やばいんじゃないの、そっちこそ、なんて話をしながら山下公園をぐるりと歩き元町商店街に出る。港の見える丘公園は本番デートに取っておきなさい、と父親らしくいつも言っていたけれど、きっと親父は坂道がきつかっただけなのだ。気付かないふりをするぐらいの優しさは私にもあったので、そこにはまだ行ったことがない。だから私にとっての横浜のイメージは、お腹いっぱいで見る海と芝生と手に持った紙袋の数々、それに親父の完璧なコーディネートと見上げる横顔、天気は晴れ。それに尽きる。

と、いうのが去年までの話。今は二月。

要するに、ものすごく不本意ではあるけれど簡単な表現をしてしまえば私は、「親の反対を押し切って家を飛び出したいたいけな少女」といったところだ。

「必要ない」

一人暮らししたいんですけど、と言い出した私に、親父は即そう答えたのだった。一月の終わり、大学の試験が終わった日の夜。

必要あるから言ってるんだけど、といつもの調子で言い返すには、あまりにもいつもとはかけ離れた親父の態度。タバコに火をつけ、ひと口、煙、ふた口、煙。そこまで吸ったところでもみ消す。タバコがくの字になるまで念入りにもみ消す。テーブルの隅に畳んであった新聞を広げて目を通し出す。横に立ったままの私は親父の襟足に一本、白髪を見つけた。年末に染めてあげたばかりなのに、最近、すぐに生えてくる。

「でも、もともと大学に入ったら一人暮らしするつもりだったの。ただ、自分でも貯金しなきゃって思ってたから、一年遅くなっただけで」

私の通っている学校は、家から電車を三回乗り換えて約二時間、なんの特徴もない私立大学だった。高校のときに読んで私の青春を覆した歴史書『どうして今新撰組なのか』を書いた先生がいるからと決めた学校で、家から二時間通わされるとは思っていなかった。だって定期代と日々通学に費やす時間を考えれば一人暮らしの方が絶対にお得だ。

でも親父はそんな損得勘定に興味はない、と入学前に笑った。

「どうしても出たいと一咲《いさき》が言うのなら」そう言って親父が続けたのは、「家計費すべてを己で稼がむ」という下手な川柳。

始まりは私が中学生になったばかりの頃だった。『燃えよ剣』に心酔しきっていた私と、幕末好きの親父の間で、土方先生の下手な俳句を真似するのが流行っていたのだ。そんな昔の遊び、親父はいまだに取り出してくる。

しかし私はそれを真面目に受け止め、長期休暇中はもちろん、週末もバイトをし、門限九時とかいうあり得ない約束も守り、こつこつと引っ越し資金を貯めた。大学生になれば高校生より時給も上がるし、実家にいれば食いはぐれることもなかったので、お金はおもしろいほど貯まっていった。そして目標金額に達したので、親父の言った通り、自分で稼いだお金で家を出ると言ったのだ。

「本当に一人で暮らせると思っているのか？」

「やってみないとわからないけど、たぶん、大丈夫」

もちろん初めての一人暮らしに不安がないわけじゃない。どんな失敗があるのか、どんな落とし穴があるのか、ホームシックにならないのか、先はまったく読めなかった。

それでも一人暮らしの友達には片っぱしから相談したし、ネットや賃貸情報誌で拾えるだけの情報は拾った。それ以上できることがあるとしたら、実際に始めること以外思いつかなかった。

「そんなに甘くないぞ。何か犯罪にでも巻き込まれたらどうする」

「警察に電話する」

「その警察が悪い奴だったら？」

「……友達に来てもらう」

「友達も悪い奴だったら？」

「しつこい！　そんなの疑ってたらきりがないでしょ！」

私がわざと音をたてて椅子に座ると、その時にぶつけた腕が意外に大きくテーブルをゆさぶり、ガラスの灰皿がガタン、と少し浮いた。

「一人暮らしの何がいけないの!?」

さすがに親父もそこで、新聞をたたみ始めた。読んでいく内にずれた端と端を指先で揃えながら、

「……一咲ばっか楽しそうでずるい」

よりによって親父はそう言いやがったのだ。心配顔して、結局、それ。仲間はずれにされてすねている子供と変わらないじゃないか。しかも、

「風呂」

新聞をテーブルへ放り投げ、洗面所へ逃げ始めた。

「ちょっと待ってよ。まだ話終わってないって」

「いいよ、もう」

「じゃあ本当に出てくよ？」

「どうせすぐ帰ってくるに決まってるんだから」

「何それ！」

私が声を上げると、親父はさっと脱衣所のドアの内側へ入り、

「一咲のえっち」

頬を膨らませた顔で言い捨てて、ドアを閉めた。

クソ親父。

いっつもそうだ。親父はどうしようもなく子供っぽい。私や弟から仲間はずれにされると怒るし、そうすることが父親として正当な行為だと思い込んでいる。

今回ばかりは付き合いきれなかった。一人暮らしは遊びじゃないし、親父を仲間に入れてなだめるわけにもいかない。それに、親にいちいち振り回されているようでは一人暮らしなんてできない。

大学に入ると同時に一人暮らしを始める人は多い。私は既に一年も、遅れをとっているのだ。これ以上、親父の言う通りにして、差をつけられることは避けたかった。

私はその週のうちに不動産屋を回り始め、この物件を決めた。

荷物の整理は一時間も経たずに終わった。

少しずつ日が傾いていくのが、むき出しの窓の向こうに見える。西日に、畑を挟んだ斜め向かいのマンションが照らしだされて、初めてその存在に気付いた。まだ新しい外壁は落ち着いたグレーで、平等に日が当たるようにベランダは階段状になっている。もちろんどの部屋も、きちんとカーテンが付いている。

静かだ。

通りから一本入ってさらに曲がったところにあるせいか、ほとんど車の音が聞こえてこない。二階の、角部屋。アパート自体が二階建てなので、上の階の音に悩まされることもない。部屋数も一階が四部屋、二階が二部屋と、こぢんまりとしている。まわりの民家に隠れるように建てられているのだ。

冷たい床にしばらく座って、足りないものを頭の中に列挙する。カーテン。カーペット。調味料類。テレビは我慢。洗濯機もしばらく我慢。いつかはソファも欲しい。

何を最初に買うか優先順位をつけ始めると、それらが全部揃うのは数ヶ月先かもしれないのに、なんだか楽しくなってきた。ちょっとずつ揃えていこう。

忘れないうちに、と部屋の隅に置いてある鞄を引き寄せる。携帯を出して順番にメモ、保存。

携帯をたたむと、急に寒さが足元から這いのぼってきた。壁のエアコンは使わないって決めている。電気代は馬鹿にならない。

しまったばかりの布団の間から毛布を引っ張り出してそれにくるまると、少しずつ、指先の感覚が戻ってくる。もう一度携帯を開く。アドレス帳を呼び出し、カナ順の表示に切り替えて、ア行から順番に下って行く。どの名前も、平等に同じリズムを心がける。サ行で止まってはならない。埋もれている名前を、意識してはならない。

テンポが崩れなければいつも通り、一周したところでおしまい。

さて、ご近所にご挨拶に行ってこよう。

お金がないので実家で焼いてきたクッキーを透明の袋に入れてリボンをつけたら、それらしく格好は付いた。洗面所の小さい鏡で髪と服をチェックしてから玄関を出る。

隣の部屋は、当たり前だけどうちと同じドアで、やっぱりぼろだった。紺の塗料が端からぱりぱりと剝がれている。

チャイムを押す。からんころん、と古臭く軽やかな音。

「はい」

ドアがいきなり開いた。そういえばこのアパート、インターフォンもないんだ。今更気付く。

チェーンも掛けていないドアの隙間から顔を覗かせたのは、マスカラばしばしの美人。きついパーマの髪が肩の上で艶を放っている。

「こんにちは。隣に引っ越してきた高藤《たかとう》です」

「ああ」

そしてそのお方はドアを完全に開けた。お目見えしたのは黒のぴったり膝上タイトスカート、胸元は深いVネックのセーター。もう夕方なのに、これからお出かけのご様子。

夜のお仕事、ですか。

「いろいろとご迷惑をおかけすると思いますが、よろしくお願いします」

お嬢様のふりをしてときどきやるように、ゆっくりと頭を下げた。

顔を上げるとアイシャドウを乗せた目が、笑いもせずにこっちをじっと見ている。

「あ、あと、これ。つまらないものですけど、よかったら召し上がってください」

間が持たず、私は手に提げていた小袋を差し出した。

「ああ、わざわざどうも」

視線はそのクッキーへ。細い指で受け取られ、そして、

「じゃあ、私仕事あるんで」

ドアがあっさりと閉められた。新聞受けのところに貼られている表札を見て、私は初めてお隣さんの苗字を知る。「宮野」さん。

夜のお仕事の人に、あんなクッキーしょぼかったか……。

大人しく自分の部屋に向かってまわれ左をすると、

「あ、あんた」

後ろから呼び止められた。振り向くと宮野さんが顔だけこちらに出して、

「これ、ありがと」

口元に笑みのようなものを浮かべてくれた。

またすぐにドアは閉じられたけれど、ちょっとの間その場でぼうっとしてしまった。

お姉さま、って呼ばせてくれないかなぁ。


「へえ、若いのにやるねぇ」

店長は履歴書をパソコンのキーボードの上に置いて言った。狭い事務所。事務所というのは名ばかり、店員用のロッカーや在庫品や金庫まで置かれている通路、としか言いようがない。蛍光灯が点《つ》いているのに薄暗いのは、積まれた段ボールや背の高いロッカーで壁のほとんどが隠れているからだ。何もないのは不便だけど物があふれているのも考えものだな、と自分の部屋と比べてしまう。

膝が触れそうな距離でパイプ椅子に座っているのはこのコンビニの店長。まだ若く、三十代半ばに見える。

「うちの店はね、基本的に住宅街に帰って行く人や、朝は仕事に向かう人がお客さんだから。昼勤は退屈かもしれないけど、春休み中なら昼も出られるんだよね？　朝と夜は空きがあったら入ってもらう感じで、学校始まったらまた組み直せばいいし。うん、明日から研修始めよう。何時からがいい？」

店長はマウスを操作して、ディスプレイにカレンダーを表示させた。

新居のまわりを散策していたら、最初にこのコンビニとスタッフ募集の貼り紙を見つけた。書かれていた電話番号を携帯に登録して、帰って電話したら、夜なら空いているから来てほしいと言われ、急いで履歴書と証明写真を用意して、店長と顔を合わせてからまだ数分。父親の反対を押して一人暮らしを始めたことしか話していない。

履歴書上に大急ぎで作り上げた趣味とか特技とか、そんなの全部すっ飛ばしてる。

「採用ってことですか?」

そんな甘い話はないだろう、と聞くと、

「うん。高藤さんが良ければ」

返ってきたのはあっさりとした答え。

それから店長は机の引出から、カードサイズの透明のプラスチックを取り出した。裏にクリップが付いている名札入れだ。

「写真と従業員コードは本社で登録しなきゃいけないから、とりあえずこれでいい?」

紙に私の名前が油性ペンで書き写される。「高藤」。右肩上がりの太い字。

それを他の店員の名札と一緒に壁にかけて、

「よし。じゃ、明日っからよろしく」

店長は張りのある声で言った。

展開が早すぎる。でも悪くない。

「はい、よろしくお願いします」

私は立ちあがって頭を深く下げた。

学校が始まることを考えると、授業の後にできる仕事を見つけなければいけない。けれど夜に働くとなると、どうしても酒の出る場所がメインになってしまう。それはちょっと避けたい。酔っぱらいの相手なんて絶対やだ。

となると長時間は働けないので、朝も働く必要がある。朝早い、と言えばパン屋かコンビニ。飛び付くように面接を受けたけれど、この選択は正解だったかもしれない。

明るい蛍光灯の光があふれる店内を出て、励まされるように家に向かった。

なんとかなる。貯金は敷金礼金でほとんど消えてしまったけれど、たぶんどうにかなる。

コンビニの前の緩い坂道をのぼって、住宅地の方へと入って行く。この道も、最初に不動産屋と部屋を見に来たときとは違って、よそよそしい空気を出さなくなってきた。見慣れてきた道、家々。古くからある家やその庭先の大きい木とも、いつかはお友達になれそうだ。

アパートの、錆びて茶色になっている階段をのぼりながらコートのポケットを探って鍵を出す。共同廊下を突き進み、鍵穴に差し込む。だんだんスムーズになっていくこのテンポ。

くるっと鍵穴を回しドアノブに手をかけて軽快に引くと、白いものが足元に落ちた。

たたまれた小さい紙切れ。左側に穴が六個空いている、手帳の中身。

封書ではない。新聞受けや、階下に設置されたポストに入れられているわけではない。何か、緊急で目を通さなければいけないメッセージなのだろうか。

拾い上げて玄関の明かりをつけると、流れるように走り書きされた文字が見えた。

『寂しいと　死んじゃうらしいよ　うさぎさん』

親父の痕跡か。

まただ。また、遊びの延長の川柳で、ちょっかいを出してくる。私が置手紙に戸惑うところを、どこかで隠れて見ているのだろうか。こっちは真剣に生活してるっていうのに、からかっているのだろうか。

しかし、母め。絶対に親父には住所を教えないで、って、賃借契約書にサインをもらうとき、あんなに言っといたのに。しかも「はいはい」って笑ってたくせに。

時計を見ると九時を回っている。いつまでいたんだろう。いつからいたんだろう。

ひんやりしている部屋の中が、親父の影に支配されているみたいで、なんだか無性に腹が立ってきた。メモを握りつぶして、ゴミ箱にしている段ボールの中に突っ込む。

だいたい一人暮らしは「必要ない」ってなんだ。いくら娘にべたべたしてたからって、娘の自立を祝福しようとは思わないのか。

部屋や引っ越しの日程を全部決めてからその旨親父に報告すると、その日から親父は私と話さなくなった。おはようも言わず、下唇を突き出してる感じ。女の子みたいだ。親父が怖れている母が叱っても「だって、一咲が」としか言わなかったらしい。なんなんだ、それ。どっちが子供だ。

私も意地で、親父と話したら敗北だ、と思った。出て行くなら潔く行こうじゃないか、って。あんなに頑固に何かを反対されたのって、初めてかもしれない。それもわざわざ片道二時間近くかけてこっちに来るほどの行動力。

何が気に入らないんだか。

「それって反抗期？」

仁美が爪を伸ばした手でカップを持ち上げながら言った。花とラメの入った派手なピンクのネイル。そういえば私は仁美の素の爪を見たことがない。出会ってから——大学に入ってから、約一年。そのアイラインやグロスを落とした素顔を見たことは、何度かあるけど。

カップの中のカフェモカをひとくちすすって、仁美はにやにやとこっちを見てる。

「何を今更」

私はそう笑い捨てることに成功した。

そして自分も同じように目の前にあるブレンドを飲もうとして、やめた。コンビニバイトの規定より前から、家事のために短くしている爪。マニキュアなんて数えるほどしか持っていない。

「だって一咲、ずっと親の言うこと聞いてたじゃん。十九にして爆発してもおかしくないんじゃない？」

「別にずっと、ってわけじゃないけど」

「普通なかなかできないよ？　門限九時」

「実際、ほとんど七時には帰ってたけどね」

うちは両親が共働きだ。困窮しているとかそういう理由じゃなく、母は弟の遼太が小学校に上がった年から働き始めた。友達のちかこさんが始めた料理教室の助手や事務をやっているのだ。

最初の頃、母がそこで作った料理を持ち帰って父の帰宅する八時頃に家族で夕食を摂る、というのが私たちの習慣だった。でもその内、私や遼太がクラブ活動、親父が残業、母もちかこさんが有名になって残業、という風にだんだん各自の帰宅時間が遅くなっていって、遅い夕飯を待ち切れなかった私は小学校五、六年生になる頃には自然に自分で作るようになっていた。帰って米を研いで炊飯器のスイッチを入れて、洗濯物を取り込んでリビングに放り投げてから、おかずの支度をする。遼太が帰ってきたらおやつをエサに洗濯物をたたませる。で、親が帰ってくる頃にはご飯が出来上がっている。

ときには束縛されたくないとも思ったけれど、学校が終わったあとたっぷり遊んでから六時頃帰って来てもまだ夕飯まで時間はあるので、その間をつぶすように家事をした。たぶん、遊び感覚だったんだと思う。

けれどそのおかげで親戚や大人たちは私たち姉弟をやたらに褒めるし、塾に無理やり行かされるようなこともなかったので却って良かったと思っている。

「でもおめでとう。晴れて自由の身」

仁美はカップを目の高さに掲げて乾杯の真似をした。私はそこに軽く拳を当てる。

「これからバイト詰めだけどね」

「何するの?」

「コンビニ。朝と夜」

「うっわ、きつそう」

私は黙って、冷めかけたコーヒーを飲んだ。

わかってはいたけど、腐っても私立。うちの大学は、付属から来ているお嬢様お坊ちゃまが多い。普段は意識することはないけれど、一般家庭で育った私からすると彼らの経済観念はときどきおかしい。きっと労働だって、進んで生活のためにするものではないのだ。

「仁美は？　春休み中バイトするって言ってなかった？」

「ああ、なんか遊ぶ時間なくなりそうだからやめた。一回カテキョの面接受けたけど、春休み中に旅行行きたいって話したら落とされたし」

そりゃそうだ。

カテキョというのは家庭教師。大学生の定番バイトだ。時給はコンビニの二倍以上になる。ただし移動時間を考えるとあんまり実入りのいいバイトとは言えないので、私は選択肢から外してた。

「一咲もコンビニなんてやってないでそっち系探せば？　塾講とか。紹介してあげよっか？」

コンビニなんて。

「ううん、いい」

そりゃそうだ。

なんか、今日はやけに仁美の言葉にうなずきたくなる。そりゃそうだ、コンビニなんて地味なくせに重労働、しかも退屈で低賃金のバイト、仁美はやってられないだろう。

――でもコンビニは、実はけっこうおもしろいのだ。

先週から始まった研修は、あの店裏《バックヤード》の倉庫みたいな場所でのビデオ鑑賞からだった。マニュアルビデオというやつで、接客業のあり方から防犯対応まで各章にわけて収録されている。その次は声出し。いらっしゃいませ、やら、ありがとうございます、やらをひたすら繰り返す。

「もっと腹と心の底から声を出して」なんて店長に言われたときには、中学のとき親父に反対されて入れなかった剣道部みたいで、なぜか胸が熱くなった。

そして実際に店に立ったとき、万券――一万円札を出されてお釣りの札をきれいに数えきったあの瞬間。病みつきになる。

「じゃあ、近いうちお店に行くよ。冷やかしに」

仁美が嬉しそうに言った。

「え、来なくていいって。ただのコンビニだし。制服変だし」

なにより趣味や暇つぶしでなく「働いている」場面を見られるのが嫌だった。ちょっと想像する。仁美や他の友達が店に来て、私はお金を受け取ってマニュアル通りのお礼を言う。ありがとうございます。丁寧に、四十五度まで腰を曲げるつもりの心で、笑顔で。

「ううん、一度は行っておかないと」

「なにそれ。義務？」

「うん、友人代表として。だって学校の近くなんでしょ？　コンビニもアパートも」

「ううん、ちょっと遠いよ」

うちの大学は駅から徒歩十分。

私のアパートも同じ駅が最寄りではあるけれど、反対側の北口を出て徒歩十五分。わざと大学とは距離を置いた。バイト先のコンビニは更に駅から北へ離れていて、別の沿線の駅の方が近い。

私は手帳を取り出して、空いてるページに駅まわりの地図を書いて見せた。

「なるほど」

仁美は組んでいた腕を解《ほど》いて一つうなずき、

「でもせっかく自由になったんだから、近いうちに一咲の家で飲み会しようよ。和志たちも行きたがってたよ」

「ああ、うん、じゃあそのうちね」

あんな部屋で人がまともにくつろげるとも思えないけど、そう言っておいた。

自由自由って連呼するけど、週六日もバイトを入れる自由ってのもあるって、説明するのは面倒くさいしうまく伝わらない気もするから、やめにした。仁美の隣の席に置いてある、春の新作バッグのロゴみたいに、くどく主張するのは性に合わない。

買い物をしてお茶。久し振りに会う口実のようなものだから、そのほとんどは話をして終わった。私は夕方からバイトが入っていたので早めに切り上げる。

バイトから帰ると、またドアの隙間から縦に半分に折られた紙が覗いていた。

強い風にも負けないように、しっかりとドアに挟まれて揺れている。

『春過ぎて　変質者来にけらし　この辺に』

脅すつもりか。おおかた、ここに来る途中の『痴漢注意』の看板でも見たんだろう。

念のため、部屋に入る前にまわりを見渡したけど、親父が隠れていられるような物陰はない。

となると、こちらの反応を見て楽しむというよりは、ひまつぶし、もしくは自己満足。そんなことのために、わざわざここまで来て、人の生活に食い込まないでほしい。

それに、字余りもここまでやられると、最初にそれを許した人が後悔するに違いない。

部屋に入り、やかんがないので小さいミルクパンで湯を沸かす。湯気でなんとなく部屋が暖かくなってくる。という、錯覚技。

こぶ茶を飲んでひと息ついたあと、日本語の美しさを守るべく、私は家に電話した。だいたい春、過ぎてないし。

出たのは弟の遼太だった。

「なに？」

ディスプレイ機能で私だとわかってるのだろう、不遜《ふそん》な声。

「親父、今日こっちに来たでしょ？　っていうか今日『も』」

「は？　なにそれ？」

「いいから親父に代わってくれない？」

するとしばらくの間、遼太の後ろでなにかがごそごそ動く音が聞こえ、そして、

「『父はまだ帰っていない。残業だ』だって」

あの親父、メモを読ませてやがる。

「じゃあ、お父様に伝えてくれない？　こっちはバイトとかでいろいろ忙しいから来るなって」

「へえ、姉ちゃん、もうバイト見つけたんだ。何やってんの？」

「言わない」

本当は母に、未成年が働くために店に提出する書類のサインを頼もうと思ったけど、言伝するとどこから漏れるかわからないからやめた。あとで直接母の携帯にメールしとこう。

「『聞け。聞き出せ』だって」

「言わないっての」

「お、『聞き出せたら小遣いやるぞ』って。ねえねえ、どこで何やってんの？」

「うるさい」

私は即座に電話を切った。

引っ越して今日で十日、変な手紙はこれで二枚目。


次の日のバイトは、朝はなく、昼過ぎからだった。

本来うちの店の昼勤は九時から午後五時まで。でも店がすく午後二時過ぎに店長が銀行へ行くことが多いので、その暇な時間から研修も兼ねて入れてもらうことになった。

他にも、学校が始まってても支障が出ないようにイレギュラーでシフトを組んでもらったりと、店長には本当に助けられている。

面接で話した、親の反対を押し切って、というところに妙に同調されて、「うんうん、わかるよ。俺もさぁ」っていうエピソードを研修中、何度も聞いた。若いときは不良で、十八で家出したらしい。それが今や店長。きっと似たような境遇だからこそ、理解を示してくれているのだろう。

だからといって私だけが特別扱いされてるわけじゃない。学生も主婦も関係なく、試験が近ければシフト調整をしてもらうし、家族旅行に行くといえば快く休みをもらえる。そしてその分の穴はバイトだけで賄《まかな》えなければ最終的に店長が店に入って埋めてくれているのだ。

仕事前、いつものようにすっかり慣れた店裏に入っていくと、店長がクッキーを頬張ってた。

「おはようございます」

「ん」

金庫から売上や伝票を出しながらも、忙しく動かしている手が、合間にクッキーの個装を開けては中身を器用に口に放り込んでいる。大きい缶の中に並んだクッキーの列に穴があいていく。制服を羽織り、なんだかリスみたいだなぁ、と思いながら、出勤チェックのために机にある端末に近付くと、

「これ、うまいよ。ごちそーさん。高藤さんからもお礼言っといて」

店長が恐ろしいことを口にした。

「……お礼って、誰に、ですか？」

足元のゴミ箱には贈答用の包装紙。見慣れたデパートのロゴ。

「おやじさん。いい人じゃん」

「……来たんですか⁉」

私の声が響くと、とんとん、と札束の入ったバッグを整え、店長は、

「あ、俺その場にいなかったから。詳しいことは山村さんに聞いて。じゃ、銀行行ってくる。よろしく」

バックヤードから出て行ってしまった。

店との仕切りにあるアルミのドアが、反動できいきい音を立てながら前後に揺れる。

今一度、机の上を確認すると、四隅に立体的に薔薇をあしらった臙脂《えんじ》色の缶。見覚えがある。

簡単なお礼や挨拶の時に我が家でよく使っている、菓子折り。

「山村さん！」

私が表に出ていくと幸い店内には立ち読み客しかいなかった。

山村さんは丁寧に拭いているカウンターから顔を上げた。

「なあに？」

眼鏡の向こうから優しいまなざしが返ってくる。

山村さんは昼間だけ入っている近所の奥さん。主婦に見えないぐらい童顔で、とてもおっとりとしていて、一緒にいるとこっちまで人に優しくなれる気がする。

でも、気がしただけ。

「うちのクソ親父、来たって本当ですか？」

人様の前だというのに、あまりにも腹が立って口汚さが消えない。

おかげで山村さんを少し驚かせてしまった。目を見開いたまましばし止まって、

「……やだ、一咲ちゃん。お父さんと喧嘩でもしてるの？」

本当に心配そうに聞かれるので、親父ではなく山村さんに罪悪感を覚える。

「お父さん、すごくご丁寧にご挨拶してくださったのよ」

山村さんが入るのが九時。

そして朝シフトの人との交代も、その後の掃除も終わってお店が落ち着く十時前、親父は車で現れたそうな。ちょうど近くで仕事があったので遅ればせながら一言ご挨拶を、と菓子折りを持ってきたらしい。うちの子がご迷惑をおかけすると思いますが、などと。店長はまだ来ておらず、山村さんと朝から出ている大学生が対応したとのこと。

そして店長が出てきてからクッキーが開封されたという経緯。

「それに最後にね、『娘に叱られますのでどうかご内密に』なんておっしゃるの。なんだか武士

みたいね」

叱るに決まってる……！

こんなことなら一生知らないままの方が良かった。娘の勤務先に、親が菓子折り持って挨拶。なんなんだ、そんな、昔の田舎者みたいなシチュエーション。

店長がたいして気にしていないみたいだったのがまだ救いだ。普通だったら馬鹿にされる。お子様だと思われる。これが例えば、私が学生じゃなくて社会人だったらもっとダメージはひどかった。やっぱり未成年の社会人はひよっこだ、そんなことを陰で言われるに違いない。

山村さんは側《そば》でうふふ、とやわらかく微笑んでいる。

「ああ……」

それにしてもよくバイト先が――いや、簡単だ。母め。またしてもばらしたな。

そして挨拶だけで敵の気が済むとは思えない。だって言ったのだ。「すぐに帰ってくるに決まってる」と。しかも女の子みたいにシカトし続けたのだ。

私が嫌がることを理解した上で、置き手紙も挨拶もやってのける。上等だ。私が帰って「それ見たことか」とほくそ笑む、そういう計画なのだ。きっと帰るまで、なにかと手を出してくるつもりだろう。

ただの心配性な親、それだけで片付けるときっと痛い目を見る。

夕勤を終えると九時半、帰り道は暗い。吹いてくる風は首を縮めるほど冷たくはなくて、冬もだいぶ緩んだなぁ、たるんできたなぁ、と、もしも冬好きだったら説教してたかもしれない。空気全体に緊張感がなく、確かに親父の置手紙通り、変質者が出てきてもおかしくなさそうだった。バイト先では今年はどこにお花見に行くか、という話題があがった。

ぽつぽつと立つ街灯から街灯へ、あかりから外れないように早足で歩いていく。

ああ、自転車欲しいなぁ、と思いながら空き地に放置されている錆びた自転車の残骸《ざんがい》を見ていると、ポケットの中で携帯が震えた。

コートの左ポケットは携帯の定位置。すっぽり収まるポケットがあるという理由で、このツイードのコートを去年から愛用している。

着信を知らせるランプの点滅で急かしてくる携帯を開くと、ディスプレイには「非通知設定」の文字。

手に振動が響く。

やがて自動的に留守録のアナウンスが流れ始めたと思ったら、電話は切れた。録音メッセージはなし。

ディスプレイが待機画面に切り替わると、そこには『不在着信　5件』と表示されていた。

なんだか嫌な予感がして履歴の詳細画面を開く。案の定、すべて非通知からだった。一時間ほど前から、約十分置きに五件。いずれも録音はない。

なんて姑息《こそく》な。

そしてなんと暇なことか。川柳の次は職場訪問に電話。連続攻撃。あまりにも大人げない。

怒りに任せて携帯をたたむ。すると即座に、また携帯が震えだした。

だいたい非通知なんて、本当に親父なのか、別の誰かなのかわからないじゃないか。例えばそこに、偶然非通知でかけてしまった誰かの履歴が混ざっていたとしても、こちらには見分けはつかない。今の携帯はボタン一つで非通知に切り換わってしまう機種もあるというのに。そんなに存在をアピールしたいなら、非通知にしないでかけてこい。

怒鳴りつけてやろうと、腹式呼吸の準備をしっかりして開くと、表示されてたのは和志の名前だった。

「なに？」

「うわ、いきなり不機嫌な声。なんかあった？」

聞こえてきた声があまりにも陽気というかのんきというか、いつも通りだったので、ますます私の声は低くなる。

「別に、なにも。ところでさっきまで非通知でかけてきてたのって和志？　じゃないよね？」

「はい？　俺はこの電話が今日初めてだけど」

「ですよね」

「なに、非通知から電話あったの？」

向こうが真剣な声に変わったので少し困る。和志は物事を真面目に捉《とら》えすぎなのだ。

「ああ、うん。てか、犯人うちの親父だから」

「あ、そうそう。俺もそれで電話かけたんだった。親父さんと喧嘩して家出したって本当？」

仁美だな。聞かなくてもわかる。

今まで散々ファザコンだのなんだの言っていたので、和志たちは面白がっているのだ。

「家出じゃないよ。家は出たけど、一人暮らし始めただけ。引っ越し先も親に知られてるし」

「へぇ。どうやって生活してんの？　仕送り？」

「バイトだよ。仕送りなんてしてもらえないよ」

「バイト？　一咲んとこの親父さん、あんなに甘かったのに」

「いや、もうダメだよあの親父は。可愛さ余って、ってやつだよ」

「ああ、だから非通知？」

「そう。しかもバイト先にも来るし」

置手紙のことや菓子折りのことなど、ひと通り親父の愚痴を話すと、アパートに着いた。今日のところはポストも空だし、ドアにも何も挟まれていない。

「強烈だね、お前の親父さんは。前に会ったときは、なんていうか、もっと上品な感じに見えたのに」

和志と仁美、それからもう一人、泰宏という奴も、必修の英語で一緒になって以来、よく遊ぶメンバーになっている。一、二度うちに遊びに来たことがあるので、みんな親父と面識があるのだ。

「ね。私ももっとまともな人間だと思ってたよ」

「いや、別にまともじゃないとは思わないけどさ」

「まともな人間がいやがらせに非通知で電話かけてくる？　それも何度も」

「だって本気で一咲のこと心配してんだろ？　やり方はともかく、親の愛情としてはまともだよ」

また和志が真剣な口調になったので、

「愛情、ねぇ……」

私はわざと皮肉っぽく返してやった。

「あ、それより用事ってそれだけ？　明日も早いから風呂入って寝たいんだけど」

「相変わらず冷てぇな。いや、実はうちの親が大量に食料送ってきたから、おすそわけしようと思ったんだけど、いる？　干しシイタケとか、切干大根とか。あと缶詰類。俺使わないし」

「いる！」

乾物は一人暮らしを始めてから手を出せなくなったもののひとつだ。常備できて便利だけど、思っていたよりずっと高い。食費は一日五百円を心がけているのに、一袋十枚入りの海苔が三百九十八円だったりするのだ。手が出ない。

「もう、和志最高」

「さっきまで風呂入りたいとか言ってたくせに……。まあいいや。送ればいい？」

「いいよ、送料もったいない。そっちの都合がいいときに取りに行くよ」

三日後に駅前で会う約束をして、電話を切った。

乾物で作れるメニューを頭の中でピックアップしながら、風呂上がりにコンビニの廃棄処理になった弁当を温めて食べる。

本当は廃棄品の持ち帰りはいけないけれど、うちの店では許してくれている。要するに、本部にばれなければいいらしい。販売時間を数時間過ぎた程度じゃ、味も全然変わらないし、食費が浮くのは心からありがたい。

偶然いい店長に当たって、本当に良かった。厳しい店長だったらそのうち私は飢え死にするかもしれない。

食べきれないご飯をラップに包んで冷凍庫にしまってから、荷物の入っている段ボールを探り、正月の余りの年賀状を出す。

『バイト先に来るのはやめてください。非通知で連続でかけてくるのもうっとうしいからやめて』

下の方に羽子板のイラストがプリントされてるのは情けないけれど、ハガキで出せばきっと母か遼太が最初に見ることになる。直接私が言うより、家族に注意された方が効果もあるだろう。裏面に、これ以上ないってぐらい丁寧に親父の名前を書いて、大きな「様」をつけて、バッグの中にしまった。明日投函しよう。


小鷹駅の南口、取り残されたような電話ボックスの横に立つ。日の暮れた紺色の薄闇の中で和志の姿を探していると、ふと、和志と二人だけで会うのが初めてだと気付いた。それどころか、大学に入ってから殿方と外で待ち合わせること自体が初めてだ。別にこれはデートじゃない、それはわかっている。だけど、こんなデートにもならない約束さえ一年間も避け続けてきた自分に気が付いて、なんというか、まあ、ただ呆《あき》れてしまった。

恋愛はいつか終わるもの。一途は流行らない。

高校卒業以来、呪いのように何度も唱えてきた言葉を、久しぶりに取り出してみる。頭の中でなぞると、いいかげん飽きてきたな、としか思えず、そのことに少し、安心した。ちょっと前までは、そんなことない、と常に頭のどこかで思っていた。もう他の人との待ち合わせを執拗に避ける必要はなくなってきているのかもしれない。

早く和志が来ないかなと思う。無駄なことを考えず、食料の心配もしばらくせずに過ごしたい。今はそれだけ。

クリスマス前からあると思われる商店街の電飾を眺めていると、その向こうから和志が歩いてきた。

「お持たせいたしました、お嬢様」

恭《うやうや》しく頭を下げられて文句を言いかけたけど、和志の手に提げられた大きい紙袋が目に入って、やめた。

「ご苦労」

私もおふざけに付き合って顎《あご》を引くと、

「そこでいい？」

目の前のコーヒーチェーン店を指される。

さすがに荷物だけ受け取ってさようならはないか、と諦《あきら》め、私はうなずいた。

一階で一番安いブレンドを受け取って二階へ上がる。一番奥の、窓際のカウンター席は私たちがよく居座るときの定位置で、今日も運良く隅が空いていた。

椅子を引くと、ぎぎ、と床を擦る音が店内に響く。チェーン店なのに古めかしいこの音が、私は嫌いじゃない。

「じゃあ、さっそく、これ。いろいろ適当に詰めてきた」

和志が紙袋をカウンターに置いた。

「ありがとうございます」

持ってみると予想外に重い。底が硬いので、缶詰でも入っているのかもしれない、と思うと、その中身を想像するだけでご飯が一膳食べられそうだ。

「はぁ、持つべきものは友だね。遠くの親類より近くの他人」

私は丁重に紙袋を端へ寄せ、コーヒーをすった。うまい。インスタントよりははるかにうまい。

「うまいね、ここのコーヒー。今更だけど」

指先がカップで温まって、じんじんしてくる。コーヒーの香りを巻き込んだため息がもれる。

「今日はやけに大袈裟だな。そんなに食うもんに困ってんの？」

「別に困ってはないけどさ。残ったお弁当とかもらえるし」

「お前が？　残飯食ってんの？」

その言い方に非難や軽蔑に似たものを感じずにはいられなかった。

誰かが持ち帰らなければそのままゴミ袋へ入れられる食べ物たち。

「残飯言うな。残った売り物。せめてそう言え」

「悪い。……大変なんだな」

和志が声のトーンを落としたので、残りものを話題にあげたことが今更悔やまれた。

これが仁美相手だったら絶対に言ってなかった。たぶん人はそれを見栄という。でも和志には食料を分けてもらっているし、それを抜きにしても、男相手にそんな見栄を張る方がかっこ悪い気がしたのだ。だって残りもので食いつないでいるのは事実で、それを隠すのは、自分を実際以上に良く見せるということになってしまう。それじゃあ、不釣り合いないい部屋に住んだり、ブランドもののバッグを持ったりするのと変わらない、そう思っていたのだ。

なのに、残ったものをもらって食べることは、そんなに大変で、友人が視線を落としてコーヒーを混ぜる手を止められなくなるぐらい、惨《みじ》めなものなのだろうか。

手のひらで包んだコーヒーが、だんだん温かくなくなっていくのがわかる。

そういえばうちの大学の学費は高いらしいんだよなぁ、と、なんだか階級の違う人間を見るような気持ちで和志を眺めてしまう。

「ま、まあ、残りものって言ったって、すぐに食えなくなるわけじゃないしな。俺だってコンビニで朝買って、昼になってから食うこともあるし。そんな大した問題じゃないよな」

どうやら気を遣ってくれたようで、和志が明るい声を出した。

「そうだよ。一人で生活できるなら全然苦じゃないよ」

私もそれに便乗しないわけにはいかず、笑っておいた。

「あ、それ。ちょっと疑問に思ってたんだけど」

「ん?」

「なんでそこまでして一人暮らししたがんの? 俺みたいに地方出ってわけじゃないのに。別に家族仲悪いわけでもないでしょ、一咲んとこは」

「今は悪いよー。親父限定でだけど」

理由を用意していなかったので、笑いながら頭の隅で作り始める。

「でもそれも、そもそも家を出ようとしなきゃ悪くならなかったわけでしょ？」

「だって学校遠いし。通うのに二時間で、門限九時なんて守ってられないし」

「普通それだけで、バイト三昧《ざんまい》の生活選ぶか？」

和志が疑うような呆れるような、あっけない結末の映画を観た後のような顔をした。まだ続きがあるんじゃないか、って顔。

「選んだよ。私は」

理由なんていくつもあるし、たぶん全部嘘にはならない。

社会勉強したかった、でもいいし、もっと自由が欲しい、でも充分だと思う。少なくとも、とりあえず和志を黙らせるぐらいには、説得力があるはずだ。だって仁美や店長は全く疑ってこなかった。

本当に本当の理由なんて、わざわざ言う必要があるとも思えない。理解されず、変な誤解を招く可能性の方が高い。

「普通じゃないのかもね」

そろそろ、と思って冷たくなったコーヒーを飲み干す。カップをトレイに置くと、和志の右隣、私とは反対側の椅子の背に手が置かれたのが視界に入った。

「ここ、空いてますか？」

「あ、はい。どぞ」

和志がカウンターについていた肘を外してスペースを空ける。

後ろのテーブル席も半分以上空いているのに、と思った瞬間気付いた。カウンターに置かれたトレイ、それに添えられた左手の結婚指輪。

「親父……！」

何年も使い古した鞄をカウンター下に押し込んで、奴は微笑んだ。

「やあ一咲、偶然だね」

「ぐ、偶然じゃないでしょ!?」

「あ、一咲のお父さん？」

和志が間できょろきょろし出す。

親父はそんなことには構わず、ゆっくりと椅子を引いて腰を落ち着かせた。

「どうも、一咲の父です。君は確か……」

親父が和志に向かって目を細める。

「はい、以前にお宅にお邪魔しました」

「ああ、そうだそうだ。タクミくん、だったよね」

笑顔で親父は右手を和志に差し出した。

タクミなどという名前の友人は、私にも弟にもいない。

「いえ、あの」

和志が言いにくそうにしていると親父は察したのか、

「ああ、失礼。タクミくんじゃなくてヒロユキくんだったかな」

ヒロユキは親父のお兄さんの名前だ。

「親父、これ、和志。同じ大学の」

あまりに意図が見え透いた真似をしてくるので、阻止しようと私が口をはさむと、

「カズキ、くん？　いたっけなぁ、そんな子。まあいいや」

親父は握手の手を引っ込めて、コーヒーをずずっと一口すすった。さっきまでの愛想はどこへやら、急に難しい顔をしている。

「それで、なんでここにいるの」

「いや、たまたま取引先から直帰する途中にコーヒーが飲みたくなったんだよ」

「嘘つき」

「どうして嘘だと？　そんなに疑うなら会社に電話して聞いてみればいい」

「なんで私がそんなこと」

親父はそれには答えず、カップを静かに置いた。和志の顔を覗き込んで、

「それで、君。今日は一咲とデートかな？」

なんの冗談だ。くらくらしてくる。

「いえ、ただ渡すものがあっただけで」

「なるほど。若い男が女を呼び出して渡すもの、か」

ちらりとカウンターの上の紙袋に視線を投げる。

「親父！　やめてくんない？」

「なんでだ？　ただ一咲のお友達とおしゃべりしてるだけじゃないか。なあ、カズヤくん」

親父がじっと見るものだから、和志は完全に萎縮している。それが余計に怪しく見える。

「はい、あ、いえ、和志です」

「ああ、ごめんごめん。一咲はいつも違う彼氏を連れてくるから覚えきれないよ。まったく遊び上手で困ったもんだ。はっはっは」

完全に白々しい言い回し。狙いはそれか。その黄門様的高笑いがしたいがために、仕事を定時であげてここまで来たってのか。

「親父、和志は彼氏じゃないし。今までだって彼氏連れて行ったことないでしょ」

私は一応人前なので、冷静に丁寧に説明を試みる。

「そうだったの？　じゃあ今まで連れてきた子たちはみんな彼氏じゃないの？」

カレシ、を親父は無理して若者ぶっているのか「からし」と同じアクセントで言う。とても気持ち悪い。

「違うっての」

第一、彼氏ができたって親父に言ったことさえない。

親父は大げさにふう、と息をついた。

「なんだぁ。一人暮らしするって言うから、てっきり、そういう事情かと」

「まさかそれで反対してたの!?　このクソ親父！」

「親父って言うな！　パパと呼べ！」

「逆切れすんな！」

親父に負けじと立ち上がった拍子に、椅子が大きな音を立てて倒れた。店内の視線が向けられてしまう、と思ったけれど、その前からすでにこっちに集中していたようで、改めて振り向くような人は誰もいなかった。

「一咲、とりあえず、落ち着け？」

つまらん。和志のその台詞《せりふ》があまりにもありきたりでそう思った。これが落ち着いていられるか、と和志をどなりたくなるのを、ぎりぎりのところで抑える。平和を愛する男、それが和志だ。悪いのはこいつじゃない。

「親父、早く帰れば？」

椅子を戻しながら、立ったまま親父に低い声を作ってぶつけてやる。

「やだ。まだ来たばっかりだもん」

親父は、まるで私が取ろうとでもしてるかのように、カップを両手でギュッと死守し始めた。

「あっそ、じゃあお母さんに電話する」

私はコートのポケットから携帯を取り出した。

「今すぐ電話するからね。いいの？」

そう脅してわざとゆっくりアドレス帳を呼び出していると、

「待って」

親父はごくごくと、風呂上がりの牛乳のようにコーヒーを飲み干し、

「飲み終わったから、帰る」

のろのろと、鞄を引っ張り出し始めた。

勝った。

今日はいつもと違うテイストの置手紙が入っていた。ではいつもの、というのはどんな感じかというと、だいたいこうだ。

『君が行き　日長くなりぬ　都尋ね　迎へか行かむ　待ちにか待たむ』

これは和歌バージョン。美しい文だと思ったら盗作だ。

『今日も頑張ってたね。バイト応援してるよ。』

これはＰＣで印刷されている。恐怖心を煽りたいのか嫌味を言いたいのか、はたまた純粋に応援しているのか、真意をはかりかねるところがまだまだ甘い。

『十九年　貢がせておいて　トンズラか』

リアルだがせこい。

そこへ今日はこうだ。

『来てみたけど留守だったので書き置きしていきます。連絡が欲しい。』

癖のない字。今までの手書きの手紙とは字が違う。紙は今までの書き置きと同じ穴の開いているシステム手帳の中身。

誰の字だろう、と考えたところで、そういえば私は親父の筆跡さえ知らないということに気付いた。俳句の手紙だから親父、と勝手に思い込んでいたけれど、親父が書く字なんて書類の署名ぐらいしか見たことがない。

親父以外の可能性。候補者をリストアップして、一位に来る奴。いや、ありえない、と打ち消す。でももしかしたら、今だけ戻って来ているのかもしれない。仮にそうだとしたら、私はどうするんだろう。連絡が欲しいと言われたぐらいで、止まってはいけないサ行の番号を呼び出すのか。携帯を取り出し、開く。メールや着信は来ていない。こんな簡単な連絡方法をとばして、若者が置手紙を残すだろうか。それに、このアパートを知る術はないはずだ。高校のときの友達にはまだ知らせていない。やっぱりありえない。

親父が筆跡を変えている可能性の方がよっぽど高い。

現にこれまでも紙を変え、印刷を変え、ポストに入れたりドアに挟んだりとバリエーションをもって攻撃してきている。あの親父は相手にされないとムキになるところがあるから、そっちの方がよっぽどありうるのだ。

親父のコーヒーショップ襲撃の翌週、夕勤から帰ってくる途中だったから、午後十時前だったと思う。

車が通る道から一本入るとT字路があり、そこを右に曲がるとアパートの正面に続く砂利道になる。そのT字路のところには缶ジュースの自動販売機とミラーが設置されている、夜に帰ってくるとそこだけ自販機のおかげで妙に明るく、浮いているように見える。

私がいつも通り明るさに少しずつ目を慣らしながらアパートまで帰ろうとすると、その明るく浮いた場所に、タバコを吸っている男が立っていた。

こんな時間に住宅街でスーツ。歩いているならともかく、自販機の横でじっと立っているから不気味だ。一瞬、親父か、と身構えたけれどもっと若い。

この道はこの辺の民家かアパートの人しか使わないのに、こんなところで何をしているんだろう。空き巣や変質者にしては、背筋が伸びている。

道を曲がって来た私の方を一度見て、違う、と判断したのか、またすぐに手元に目を落とす。落胆の色。誰かの家に来て、家主がおらず待たされるはめにでもなったんだろうか。

社会人なら誰が持っていてもおかしくないグレーのコート。黒っぽいマフラー。脇に鞄を抱えて、携帯灰皿を片手にタバコをふかしている。歳は二十代後半だろうか。中肉中背で、とりたてて特徴もない。

気にするほどではないだろう、と私はアパートの方へ歩く。雨が降りそうだったので、早く洗濯物を取り込みたかったのもある。

ただ、その前を通るときに流れてきたタバコの匂いだけが印象に残った。親父がたまに付き合いで吸うようなやつとは違って、もっと草に近いような香り。私は不思議とそれを、煙ったく感じなかった。なんとなく覚えがあるような、香り。

そういえばタバコって、煙の草って書くんだよな、と一人で納得しているうちに、それがどこで嗅いだことのある香りか、思い出すこともなく家に着いた。


携帯の着信音が枕元で鳴り響いて起こされた。時計を見ると九時半。

バイト遅刻！

飛び起きるとめったにない休みの日だった。ありがちな出来事に脱力して電話に出る。

「……はい」

「あ、寝てた？　ごめーん」

母はよく若者のように言葉を伸ばす。

「ん、別にいいけど。あ、もしかしてもう届いた？」

「届いたわよー。で、何これ？『行動報告書』って」

電話の向こうであの紙束をばさばさふっているらしい。風の強い日に換気扇から聞こえてくるような雑音が聞こえてきた。

「何これって、ちゃんと見た？　それ、あの親父のここ数日の動きだよ」

私は毎回記録していたのだ。置手紙のあった日、非通知着信のあった日、そして、親父がバイト先とカフェに来た記録を。それらを一枚の紙にまとめて先日、母に送りつけていた。

「それはわかるけどさぁ、これ、どうすればいいの？　お父さんに見せとく？」

「そうじゃなくてさ、そんなに娘のところに張り付いてるんだよ？　母からも何か言ってよ」

相変わらず的外れな母にイライラしていると、

「そんなの、今に始まったことじゃないじゃない。お父さんが一咲にべったりなのは前からでしょ」

「そりゃそうなんだけど、ひどすぎると思わない？　これじゃストーカーだよ」

「う〜ん……。でも私が何か言って聞くようなら、とっくに離婚できてるって」

最高にドライな笑い声がする。

母、娘は笑えません。

「でも仕事中に来たりしてるんだよ。このままエスカレートすると絶対仕事に支障出るって。どうすんの、親父がリストラとかされたら」

「じゃあそのレベルになったら教えてよ」

「……ああ、うん。わかった。じゃあ引き続き調査します」

「頑張ってー。いつか浮気調査の必要性を感じたら、一咲に頼むわ」

あの親父は浮気はできないだろうと思いつつも、そこは口を挟まないでおく。

「あ、ところでさ。私の分の携帯の明細、まだそっちに届いてる？　一応引っ越す前に住所変更の手続きしておいたんだけど」

変な置手紙に気を取られて気付くのがすっかり遅れていた。引っ越してからの一ヶ月半、一度も明細が来ていない。料金は口座から引き落とされるので止められる心配はないけど、心の準備もなしに、引き落とされて初めて料金を知るというのは心臓にも家計にも悪い。

「えー？　たぶん来てないけど？」

「たぶんってなに？　主婦でしょ、しっかりしてよ」

「主婦じゃありません。うちの主婦は家出しちゃいました」

出た。いつもの『私の職業は主婦じゃなくて、料理教室のお手伝いです』発言。

「家出って私のことですよね、お母様」

「正解！　よくわかってるじゃなーい」

そんな明るく言われても。

「とりあえず、まだそっちにいろいろ届くかもしれないから、わからないとかやめてよ？」

「だってー、遼太がポストから取ってその辺置いてたらわかんないしぃ」

「……じゃあ、もし見かけたらでいいんで教えてください」

「はいはーい」

なんなんだあの夫婦。もうちょっとしっかりしてほしい、というか親っぽく、大人っぽくしてほしい。脱力しながら電話を切る。

布団を出て顔を洗うべくユニットバスに行く。あの夫婦から生まれ出た子供、なんなんだお前。水垢のついた鏡を覗きこんで、両親に似ていないところを探したくなった。

これじゃまるで、反抗期の子供みたいじゃないか。

ゴミでも出してこよう、と思い立ち、溜まっていた不燃ゴミをまとめてサンダルをつっかける。ドアを開けると、ちょうどお隣のドアも開いたところだった。

「あ、おはようございます」

頭を軽く下げると、同じようにゴミ袋を提げた宮野さんは、すっぴんであくびを一つしているところだった。部屋着なのか、紺のパーカを着ているのを見ると、前に見た出勤前のお姿とはまた違ったご様子。

「ん、おはよう」

ゴミ捨て場は通りに出たところにあるので、流れで、一緒に向かう他なかった。何を話せばよいのやら。天気か。政治か。

自然、背筋を伸ばして、宮野さんの後ろから階段を降りてると、

「高藤サン、下の名前は？」

振り向かずに宮野さんが言った。

「一咲です。数字の一に咲く、でイサキ」

「じゃあ、イサキンか。大学生？」

さらっとあだ名が決定した。その声のトーンは淡々としたまま変わっていないので、どうやら冗談じゃないらしい。

「え、はい。そうです。今度二年です」

私は大学名を口にした。

「へえ。出身はこの辺？」

「……ええ、まあ。なんでですか？」

いつの間にか尋問タイムか？

階段を降りきって砂利を踏む。百円で買った薄いサンダルの底が、健康サンダルに早変わりする。

「昨日肉じゃが作ってたでしょ？　豚肉で」

こんなきれいな人までストーカー？　巷で大流行？

歩調を緩めて距離を置こうとすると、

「私、鼻がすごくいいんだよね」

こっちを振り向いて、宮野さんが口の端だけで笑った。

確かに私は昨夜、肉じゃがを作っていた。豚肉の。節約には大量の肉じゃがかカレーに限る。

「ごめん、別に嗅ぎ回るつもりはなかったんだけど、アパートの階段上がりながらいい匂いすんなちくしょうって思ってたら、イサキンの部屋からしてたから。で、豚肉の匂いだから関東圏かと思った」

「あ、私のレシピは昔から豚なんですよ」

じゃがいもは固め、白滝はたっぷり、肉は豚バラ薄切り。味付けは昆布出汁に薄口しょうゆで、じっくり味をしみ込ませる色の濃くない肉じゃがが、五年以上もかけてたどり着いたレシピだった。自分でも毎回驚くほどうまい。

「いいよねぇ、豚肉。うちは母が関西人だったから、牛の方が多くてさ。初めて呑み屋で豚を食べたときは衝撃を受けたよ。あ、そういえばこの前のクッキー、おいしかった」

「本当ですか？　ありがとうございます」

「うん、ほんとほんと。手作りのお菓子なんて、久し振りに食べたから、すごく新鮮だった」

ゴミ捨て場には既に膨れ上がったビニール袋が一畳分ほど積まれていた。宮野さんがゴミの山にかかっている青いネットを持ちあげてくれてたので、私はそこに自分の分を滑り込ませた。

「宮野さんは、いつもお勤め先でお夕飯召し上がるんですか？」

腰を伸ばして、気になっていたことをさりげなく聞いてみる。

「うん、そう。だいたいお茶とか出してもらえるし、面倒だから帰りに食べてくることがほとんどかな」

宮野さんはネットを放し、ぱんぱんっ、ときれいな音をたてて手を払った。

「お茶？　お酒じゃなくて」

「あ？」

とたんに、今まで朝の空気で和らいでいた宮野さんの眼力が迫力を増した。しまった。失言。

「あの、いえ、お酒を出すような場所のお仕事なのかなぁ、って……」

すると宮野さんは大きく口を開いて、

「あはは、ないない。ただの家庭教師だよ」

豪快に笑った。

「へ？　家庭教師ですか？」

「そう。よく間違えられるんだけどね」

向きをくるりと変えて、アパートに引き返す。

そうか、家庭教師も夜からの仕事だ。

「……すみません。勘違いしてました」

「いいって。タクシーで郊外の生徒の家に行くときなんかもさ、運ちゃんに、『これからお勤めですか？』なんて聞かれるんだけど、その生徒んちの近くにさびれたスナックやらキャバクラやらいっぱいあってね。絶対誤解されてるんだよね」

宮野さんは他人事《ひとごと》のように笑って続けた。

「イサキンは何かバイトしてるの？」

「はい。そこの、坂を下ってったとこのコンビニで」

「ああ、あそこか。私、そっちあまり通らないから知らなかった」

「今度ぜひ来てください。って、何もサービスできないですけど」

「じゃあ、さっそく今日は仕事ないから行こうかな」

「あ、すみません。今日は夜、バイト入れてないんですよ」

「そうなんだ」

再びアパートの錆びた階段を、二人分、足音を鳴らしながらのぼってると、

「じゃあさ。今日、よかったらうちでご飯食べない？　最近の大学事情とかも聞きたいし、うまい梅酒があるから」

「いいんですか？」

自分の顔が、デートに誘われたみたいに明るくなったのがわかった。

「うん、おいで。一人で食べるのもお互い味気ないだろうし」

「行きます。ぜひ行きます」

「あはは。八時ぐらいで大丈夫？」

「はい」

「じゃあ、また」

宮野さんちのドアが閉められて、私は自分の部屋に入り、しばらくぼうっと玄関で立ちつくしてしまった。きれいなお姉様とご近所付き合い。なんて素敵なシチュエーション。

間取りを鏡映しにしただけのはずなのに、宮野さんの部屋はうちとはかなり違っていた。同じ備え付けの、まったく効かないエアコンは使わず、床に置いたヒーターでほんのり暖かい。カーペットは毛足の長いふかふかの素材。本棚やローテーブルは濃いブラウンで統一されていた。その本棚には『夏に取り戻す！　数II・復習編』など、ちょっと前まで私も見ていたような参考書類がびっしり並んでいた。床にも問題集が積まれている。

「ふふ、若いね」

親父との対決の経緯を話していたら私の持ってきたキムチ肉じゃがを頬張りながら宮野さんが笑った。続く肉じゃがに飽きてきたら、市販のキムチを入れて温め、ざっくりと混ぜる。これだけでいい酒の肴《さかな》になるのだ。

「……若くていいんです、まだ十九なんで」

口にすると、あれ、自分まだ十九だっけ、と思う。

高三で十八。大学一年目は十九。うん、間違いない。今年誕生日が来れば二十歳だ。ずいぶん心が老けたなぁ、などと。

宮野さんのお母様が漬けたという梅酒のお湯割りを呑む。胃の形がはっきりわかるほど、喉からお腹にかけてじんわり温まっていく。

「違うよ、イサキンももちろんだけどお父さんの方、若いなぁ、って」

「青いって言ってやってください。見た目はただのおっさんなのに」

「そう？　大学生の娘がいるようには見えなかったよ」

宮野さんは「これうめー」と言いながらぱくぱくと口にじゃがいもを放り込む。

「……もしかして、会いました？」

「うん。イサキンが引っ越してきて数日後かな、ご挨拶に来てくれて」

「あの親父……！」

「あれ、知らなかったの？」

「……ええ、全く」

あはは、と宮野さんが笑う。

「いいねぇ、お父さん。面白い」

「全っ然、面白くないですよ。子供っぽいし」

宮野さんは、ビールを取りにキッチンまで行った。小さい冷蔵庫の前にしゃがんで、

「でもさ、お父さんそんなんじゃ、あのよく来る彼氏と鉢合わせしたら大変だね」

ふふ、と笑っている。

よく来る彼氏。

「いや、いないですけど、彼氏。よく来るのも来ないのも」

「あ、そうなの？」

宮野さんは片手で二本、缶ビールを持ってくる。細い指。

「じゃあ、下のポストのとこでときどきタバコふかしてるサラリーマンっぽい人は？」

下のポスト、というのはアパート全室分の郵便受けがつけられた、階段下の壁のことだ。

「自販のとこにもいた人ですよね、それって」

あの、どこにでもいそうなスーツ姿の男のことだ。

「さあ、自販のとこにいたかどうかまではわからないけど。夜、出勤するときにちょくちょく見かけるよ」

「たぶんそれ、私とは無関係です。私も見たことありますけど、一階の人の知り合いか、何かじゃないかな、と」

「ああ、そうなんだ。イサキンが引っ越してきてからたまたま見るようになったから、てっきり

イサキンの知り合いだと思い込んでた。ちょっと歳が離れた彼氏とか」

「いや、彼氏いないので」

「あはは、まだ若いのに」

歳が離れた喫煙者の彼氏。まったく身に覚えがない。しかし、なるほど。あの男は誰かの知り合いで、自販機のところで時間をつぶして待ってた、ということだったのか。そう考えれば、ただ立っていた意味もわかる。

納得したところで、宮野さんがローテーブルの上にごとりと缶ビール二本を置いた。その音で、私はあることを思いつく。

「あの、宮野さんって鼻がいいんですよね？」

「ん？　うん。嗅覚だけは自信あるよ」

ぷしゅっと気持ちのいい音を立てて缶ビールを開けて笑う宮野さんに、

「ちょっと、待っててもらっていいですか？　すぐ戻りますから」

言い置いて、私は自分の部屋へ急いだ。

どこにしまったかは覚えている。本を重ねた間の、クリアファイルの中。部屋のライトも点けずに私は目当てのものを回収して、再び宮野さんの明るい部屋に戻った。

刑事ドラマの証拠品のように、密閉式のビニール袋に入れた紙切れを差し出す。

「タバコの銘柄って詳しいですか？」

「嗅ぎ分けろって？」

宮野さんは手元のビニールに目を落とす。中に入っているのは手紙だった。二回目の、見覚えのない字。

『せめて借りてたものだけは返そうと持ってきたんだけど、やっぱりポストには入らなかった。できれば直接渡したいけど、会えないようなら郵送にでもするから、いつ頃送ればいいか連絡してほしい。』

「なにこれ、ラブレター？」

宮野さんの目が輝きだす。もしかしたらこんな感じで、生徒の恋愛相談にも乗っているのかもしれない、と連想させた。

「違います」

「残念」

「……。最初は親父のいたずらだと思ったんですけど、うちの親父、タバコ吸わないのにタバコの匂いがして。もしかしたらさっき言ってたよく下に来てる人のタバコの匂いが、ポストにあるこの手紙に染みついたのかな、ってひらめいたんです」

もしそうだとしたら、この筆跡が違う手紙も、親父の仕業の可能性があるということだ。逆に親父の仕業じゃないとしたら、他の誰か、について本格的に考えなければいけない。

「どれ」

宮野さんはためらう様子もなく、ビニールを開けて鼻から息を吸い込んだ。遠くの音を聞こうとする野生動物みたいに、目を閉じてじっと集中している。

目が開いたかと思うと、

「いや、違うみたい。あのサラリーマン、マルメンだったから」

マルメン、というのはマルボロという銘柄のメンソールタバコ。うちの店でも割と出る、それなりにメジャーな商品だ。

「それも匂いでわかったんですか?」

「ううん、箱を見た」

「じゃあ、この手紙の匂いと違うっていうのは」

メンソールというのはガムのような匂いがするのだろうか。タバコを吸わない私にはさっぱりわからない。前に煙の匂いがしたときも、草の匂い、としか思わず、メンソールだなんて意識していなかった。この紙と同じ匂いかどうかも、もう記憶が曖昧《あいまい》だ。

「根本的に違うよ。メンソールじゃないし、マルボロでもないし、セッタとかマイセン系でもない」

次々と銘柄が出てくる。売ってる私よりも詳しいかもしれない。

「よくわかりますね」

「ふるいにかけてるだけ。ほら、匂いってなんの匂いか思い出せなくても、嗅いだことあるってのは先にわかるでしょ。あれと一緒」

「ってことは今言ったやつ、全部吸ったことあるんですか?」

「ううん。昔付き合ってた男とか。だいたい何吸ってたかは覚えてるからね」

宮野さんはもう一度袋に鼻を近付けて、

「でもこれは、あんまりメジャーな匂いじゃないよ。クールなんかとも違う系統だね」

「ピースとか、キャメルは」

親父が前に付き合いで吸っていたのを見たことがある。

「そこまできつくないな。なんていうか、もっと土臭いような感じ」

宮野さんは袋の口を閉じ、こちらに寄こした。

一応嗅いでみるけれど、前に自販機のところで嗅いだ匂いや、学校の喫煙所でよくしている匂いとの違いがわからない。ここは宮野さんを信じるしかない。

となると、親父でもないしあのサラリーマンでもない。それ以外の人。

それ以外の人、の第一候補者をもう一度よく検討する。何か貸したままだったか、私はこの手紙が来てから考えているけれど、たいしたものは思い当たらなかった。例えば貸したまま「ごめん、今度返す。家に置いてきちゃって」を数日繰り返され、面倒だからあげたことにした安物のボールペン。試験前のノートのコピー……は貸す、というよりあげたものだし。文庫本、映画のDVDなんかは返してもらっている。ポストに入らないもの、となると尚更難題だ。

それに、私は携帯の番号もメールアドレスも変えてないんだから、連絡が欲しいと言われる理由がわからない。

「あんまり役に立たなかった?」

「いえ、そんなことないです。ありがとうございます」

もう考えるのが面倒くさい。単なる考えすぎ、じゃないだろうか。それ以外の人の第一候補といっても、第二、第三以降はいないのだ。今までの置手紙が親父の仕業だったということを加味すれば、筆跡の違うこの手紙も、そうだと考えるのが自然じゃないか。字だって誰か知り合いに書かせればいいのだ。

そう考えると本当に腹が立ってきた。

「あ、宮野さん。申し訳ないんですけど、もし今度親父がこの辺りに来てたら教えてもらってもいいですか？」

「え？　うん。構わないけど？」

「すみません。ちょっと、ここのところ、いろいろと親父撃退の作戦立ててるとこなんです」

私は自分で考えてた作戦の一部を話しながら、この部屋の居心地のよさについて考えていた。手入れされたカーペット。シンプルだけど統一感のある家具。乱雑に積まれた問題集。きれいすぎるキッチン。

私ももう少ししたら、こんな暮らしができるようになるんだろうか。同じ部屋なのに、うちとは違う、ゆとりのある生活。せめて笑って仕事のことを人に話せるぐらいの、心の余裕とか。

卒業後だろうか。今の生活からは、程遠い。

そういえば一人暮らしを始めた理由を聞かなかったのは、宮野さんが初めてだった。たぶん、宮野さんなら本当の理由を聞いても、笑ったり批判したりはしないんだろう。理由を話さないままでも、一人暮らしを認められた気がして、私は少し安心した。


今年は遅咲き、と言われた桜も、満開になった。

四月の三日は、親父の誕生日だ。

学校が始まって馬鹿高い教科書を何冊も買わされることを考えると出費は抑えたかったけど、ほかでもない親父のためだ。私は家電量販店にあった一番安い携帯電話を購入した。実家で冷蔵庫を買い替えたとき貯めていたポイントを使ったので、覚悟していたほど痛手にはならなかった。

名義はもちろん親父、契約に必要な委任状も親父の筆跡を真似して書いて契約をした。印鑑は三文判。こんなので通ってしまうから世の中怖い。月々の支払いも親父のカードだ。実家で暮らしていたとき持たされていた家族カードは置いてきたけれど、番号を控えた手帳が手元に残っていた。

『親父へ
私はちゃんと一人暮らししてるから心配しないで。

誕生日プレゼントに携帯電話を贈ります。これでいつでも連絡できるから安心でしょ？

お誕生日おめでとう。　一咲より』

我ながらいい娘っぷりに感心する。

持ち帰った携帯の包装を開けて、使いやすいように、いや、すぐに使えるように、あらかじめ設定を済ませて、手紙も添えてバイト先から宅配便で家に発送した。


新学期の初日はガイダンスだけだった。昼前に重いシラバスを持たされて解放される。

久し振りに一堂に会した同級生たちを後ろの方の席から見ていると、今更だけど、同じ歳の男女が同じ学問を志して同じ授業を受ける、という図がすごく奇妙なことに思えた。そして大学生の小ぎれいなこと。軽やかなスプリングコートや隙のないアクセサリー、誰でも知っているブランドのバッグ。来週からこの群れの中で、自分はやっていけるんだろうか、と急に心配になってきた。すかすかのクローゼットが頭に浮かぶ。

「一咲、明後日って夜バイト？」

終わるなり仁美が、後ろの方の席に座っていた私を見つけて大教室の階段をあがってくる。

「ううん、明後日は昼だけ」

「じゃあさ、夜うちでゴハン食べない？　和志と泰宏を呼んで鍋するつもりなんだけど」

「鍋かぁ」

泰宏と和志、それから仁美と集まるのは久しぶりだ。私が家を出る前は、よく仁美の家で宴会やらゲーム大会やら開いていた。ただ料理の担当は私や仁美だったけど。

頭の中で予定表を開く。その次の日も学校がないので昼勤だけだ。朝早起きしなくていいだけで、なんだか解放的な気分になった。

「いいね。行く」

「ほんと？　じゃあ六時に集合でいい？」

「うん、大丈夫」

そのまま話しながら二人で校舎を出た。手入れされた植え込みや芝生。久しぶりに見る大学は、なんだかきれいに整いすぎて変な感じがした。

「そういえば一咲、掲示板見た？　呼び出されてたよ」

「私が？　ゼミ関係？」

「ううん。確か教務課か学生課。どっちかは忘れちゃった」

私は敷地の外れにある事務棟を振り返った。

「まあいいや、明日で。どっちみちこの中、戻るの嫌だし」

明日の入学式に備えて、各サークルや部活が、正門を入ったところから敷地内の隙間すべてを埋める勢いで、中庭やロータリーに机を出して勧誘の準備を進めている。看板を立てていたり、美容への配慮なのかパラソルを立てていたり。ただでさえ狭い敷地内、新入生が入る前に既に大混雑だ。

数段高くなっている校舎入口に立ちつくして、仁美が、

「あー、頑張って抜けるしかないか……」

ため息をつくので、私はすかさず携帯をポケットから出した。

「ちょっと待って」

時刻は間もなく十一時半。ちょっと早い昼休み、という可能性もある。

私はネットに接続をして、ある地図を呼び出す。

「なに、これからどっか行くの？」

横から仁美が覗き込んでくる。地図上で一点の丸がゆっくり点滅している。

見慣れない地図だったのですぐにはどこの場所かわからなかったけれど、広域地図に切り替えると判明した。現在、大学最寄り駅隣の百川《ももかわ》駅付近をこちらに向かっている様子。

GPS機能というのは便利で、移動の履歴も出るようになっているのだ。この速度だと、十中八九、車での移動。

いざ見張り始めたとたんこれだ。今までどれだけ同じことをされていたのかわかったものじゃない。あの歳で、職場放棄か。給料泥棒め……。

家に帰るには正門を抜けて、小鷹駅を通って北口に抜けるのが一番近いし、電車に乗る仁美と途中まで一緒になる。けど、

「あ、やっぱ裏門から抜けよう。机とかにぶつかって下手に怪我したら嫌だし」

「私はいいけど？」

そうして私たちは、暖かい日差しを背中に受けて、裏門へ向かった。校外へ出るとき、何度も周囲とディスプレイを確かめるのを怠らない。

敵はあれだ。油断してはならぬ。

「どうしたの？　まさか自分の家帰るのに迷ったとか？」

携帯を開きっぱなしの私に仁美が言った。

「ん、まあ。いつもと違う道帰るのもいいかと思って」

「へえ。でも珍しいね、一咲がそんなに携帯気にするのって」

「そう？」

確かに私は始終メールを打ったりはしない。

「うん。前はよく気にしないふりして、さりげなくチェックはしてたけど」

仁美が楽しそうに探りを入れてくる。

気付かれていたのか。

まあ、同じ高校から来ている友達も学部にいるから、仁美がどっかのルートから耳にしたっておかしくない。

仁美たちといるとたまに思う。もしいつか、私が何かの間違いで浮気なんかをしたら、真っ先

に気付くのは恋人ではなく女友達なのではないかって。

内心ため息をつく半面、その観察眼が恐ろしくて、私はディスプレイを見せた。想像や噂が膨らむ前に、正直に話してしまえ。

「これ、GPSなの」

画面上で点滅する丸に吹き出しが付いている。数字で「082」と。

「GPS、って、あれ？　よくキッズ携帯についてるやつ？」

「ああ、そうそう。それと一緒」

「え、じゃあこれ誰？　一咲の子供？」

仁美がディスプレイを長い爪で指さす。

「子供じゃなくて、親父《おやじ》」

082。視界の端で画面上の丸を捉えながら、これがシューティングゲームだったらなぁ、などと妄想する。

親父が個人用の携帯を持っていないことを逆手に取った。

会社で持たされている携帯は通話とメールぐらいしか使わないらしいのだ。歳も歳だし、新しい機種を一から説明書を見て使いこなそうとするとは思えない。

なのであらかじめ、GPS発信のサービスに登録した状態で親父に送りつけた。

もちろん受信端末は私の携帯。これで近くに来られても大丈夫だ。いつでも逃げ道を確保できる。

これで非通知着信が増えることだけ唯一心配だったけれど、親父からは『ありがとう！』と、人がバンザイをしている絵文字入りのメールが来た以外、特に携帯でのコンタクトはない。

コンビニバイトというのは想像以上に楽しかった。

なんでも売っていて、最初の頃は客が差し出したものが本当にうちの店の商品なのかどうか、疑いながらバーコードを通していた。実家で暮らしていたときはほとんどスーパーで買い物を済ませていたし、昼食を調達するためにコンビニに行ってもお弁当やドリンクコーナーだけで用は済んでいたから、ハンカチやフリスビー、それから何故かプラスドライバーまで置いてあるなんて考えたこともなかった。

そして、店員はただレジを打つ「レジ係」のような役割だと思っていたけれど、全く違った。もちろんレジは打つ。けど、商品の補充もする。時間になったら廃棄もする。床掃除もトイレ掃除もするし、各陳列ケースの温度チェックまでする。

単純な作業だけど、新鮮で楽しい。今までやってきたバイトは親父の知り合いが経営するスポーツジムで受付とか、ちかこさんの教室で母の代わりにアシスタントとか、そういう、自分の割り当てられた役割から出てはいけないようなものばかりだったので、バイトだけで店を任せられる時間がある仕事がなんだか誇らしかった。

楽しくないのはゴミ捨て。

まず寒い。ゴミ箱は店の外にあるので外気にさらされた上、店内に戻ると必ず手を洗わなければいけない。レジにお客さんが並んでいるとお湯なんて出してる暇はないので、冷たい水で洗うことになる。

そして何より、この国の識字率って実は低いんじゃないかってぐらい見事に分別がされていない。「ビン・缶」の中に新聞が捨てられ、「燃えるゴミ」の中にうちでは販売していない缶コーヒーの空き缶が突っ込まれ、飲み残しがゴミ袋から染みだしてべたべたになっている。たまにきちんと分別されていたかと思えば、魚の骨が透けて見える家庭の生ゴミが持ち込まれ、異臭を放っている。

マナーだとかモラルだとか、そういうこと以前の問題だ。

いつものようにため息をついてゴミ箱の扉を開け、中からプラスチックの箱を出す。それを足で押さえて、空き缶でぱんぱんに膨れ上がったゴミ袋を引っ張り出して口を結んでいると、横に置いたままの、まだビニール袋をセットしていないゴミ箱に、通りすがりのじじいが丸めた紙を入れていきやがった。

なんで燃えるゴミの方に入れねぇんだよ……！

そもそも店の客でもねぇのに捨ててくんじゃねぇよ！

利用客は若者メイン、と以前は思っていたけれど、コンビニというのは老若男女問わずお客さんが来る。本当にいろいろな人と接していく中で、なかなか信じられないような行動を取る人間も多くいることを知った。常識がない、というか、常識を捨てた、というか。

ゴミのこともそうだし、他にもお金の渡し方なんかがそうだ。うちの店にはお会計用の受け皿がないので、カウンターに直接置いてもらうようになっているけれど、そのお金をカウンターに放る人がいる。これが若者なら、最近の若者は……、とでも言っておけば済む話だけど、信じ難いことに年配の人に多く見られるのだ。売り子相手に礼儀なんていらない、とでも思われているのだろうか。それからタバコなんかを買ってすぐ、カウンターで開けて、外装のビニールゴミをそのまま置いていくやつとか。

相手の心情がどうであれ、私には大人がそんなことをする、ってだけで信じられなかった。だって私にとって大人というのは「自分のゴミは自分で持ち帰りなさい」とか「人にものを渡すときは相手が受け取りやすいようにしなさい」とか、口うるさく言ってる人たちのことのはずだったから。うちの親父でさえ、そういうマナーには口うるさい。なのに多くの大人は違う。きちんとしているはずの人たちの方が、若者なんかよりよっぽどマナーが悪い。

最初のうちはそれがショックで、次に腹を立て始め、たぶん今後は慣れてしまうんだろう。でも残念ながら今の私はまだ憤りの段階にいた。

腹の底から悪態と一緒に胃の中のものも全部吐きかけてやろうかと思ったけど、せっかく栄養に変わりつつある食べ物を粗末にするわけにはいかないのでやめにする。

ゴミ袋をさっさとセットして、膨らんだ袋は店の裏のゴミ倉庫まで、引きずらないように両手で持って運ぶ。

鍵を開けたらすでに溜まっているゴミ山の中に思いっきり投げ込むだけ。重いけれど力を入れて腕を振ると、ぶん、といい音が鳴ってゴミがどさっと落ちる。この最後の作業があるから、まだ発狂せずに済んでいる。

こんなくだらないことではらわたが煮えくり返るほど怒るなんて、私はストレスが溜まってるんだろうか。確かに生活は余裕がなく、新しいバイトと家事に慣れるのに精一杯なのに、来週からは授業が本格的に始まってしまう。

なんの不安もない生活、なんて口が裂けても言えない。


翌日、授業はなかったけれど大学の事務局へ行った。

学校の事務職員というのはどうしてこう、お役所的なのだろう。

こちらの事情を聞くでもなくただ本当に事務的に、まるで関わると自分まで貧乏になると子供の頃から刷り込まれてたみたいに、学生課のおっさんは言った。

「高藤さん、今年度の学費まだみたいなので、ただ忘れてただけだと思うけど、はいこれ、納付書、十五日までに必ず振り込んでください。今度遅れると受講登録ができなくなるので注意してください。はい、次の人」

ぺらりとした紙を校章の入った封筒に入れて押し付けられた。

学期が始まったばかりのこの時期、事務の窓口は半端じゃなく混みあう。私は質問の時間さえも許されずに後ろに待っていた男子学生に割り込まれた。仕方なく引きさがって行く私に、事務のおっさんの蔑《さげす》むような目。

封筒を持って外のベンチに座る。

話が違う。学費の支払いは、家を出る話よりずっと前、私がこの大学に入学を決めたときに、親父が支払うという契約が成立しているものなので、今更払わないっていうのはない。

奨学金の申請は今からじゃ間に合わない。

私立大学を選んだことを後悔しながら、覚悟して封筒の中の納付書を取り出す。

あれ、意外と安いのでは、と思ったのもつかの間、今度は自分がコンマで区切られた数字を瞬時に読み取れないことを呪った。

いち、じゅう、ひゃく、と数えていくと、百二十一万八千円。

私は今まで自分の通っている大学の学費さえも知らなかったのだ。

十ヶ月は暮らしていける額。無理だ。支払いはもちろん、未成年でただのガクセイに、ローンも無理。

休学して稼ぐとしても、その間の学費はどうなるんだろう。

いや、そこまでしてこの大学にいなければいけないんだろうか。今までは通学ありきの一人暮らしだったけれど、就職したって一人暮らしはできるのだ。それなら、昼間から仕事をしてしまった方が大学に来なくていい分、生活は絶対に楽になる。常に寝不足で、床に倒れ込むように毎晩眠りに落ちることもなくなる。

本末転倒だ。わかってる。私だって大学で学ぶのは好きだ。やめたいというわけじゃない。

だけど食べないことには大学に通うこともできない。

私があんなに望んで築いたつもりになっていた「自立」は、一度バランスを失うと簡単になくなってしまう。

携帯でGPS画面を呼び出すと、話がしたいときに限ってクソ親父は会社にいる。

電話をするのは泣きつくようで非常に癪《しゃく》で、かといって学費を払うというのは親の義務であるから文句を言うべきなのでは。いや、そもそも大学に行かせる義務なんて子供を育てる義務の中には入っていないから親には無関係なのだろうか。

宮野さんに話したかった。でもそれは私の個人的すぎる事情だ。そんなことで人に迷惑をかけるなんて、自立からはほど遠い。

疲れた頭で家に帰ると、今日はドアのポストにきっちりと畳まれた紙が入れられていた。

ノートより一回り小さいサイズの白い便箋。どうせまた、親父が他人に書かせている手紙だろう。久し振りに見る便箋というものを開いて、目を通す。

『直接話したかったけど、会えないようなので手紙で書きます。

今更、と思われるかもしれないけれど、あっさりと引き下がったことを後悔してる。簡単に謝るな、とか、もしかしたら怒られるかもしれない。だけど、最後のとき、このままだと別れてしまうとわかっていながら何もしなかったことも、自分が気付かなかった欠点も、全部後悔してる。思い上がるつもりはないけれど、今のままだとお互いすっきりしない気がする。俺はできればやり直して欲しい。けれどそれが無理でも、一度だけでいいから話がしたい。

忙しいようなら予定は合わせます。連絡が欲しい。』

親父じゃない。

親父には奴のことなんて一切話したことはないし、もちろん家に連れて行ったこともない。卒業式の後も、私は本当に大学入学の準備に忙しかったので、いつもと違うような態度を見せる余裕さえなかった。

やっぱり奴がこっちに戻ってきていると考えるのが妥当なんだろうか。

最悪なタイミングだ。私はやっと一人暮らしを始めたばかりで、それさえ続けられなくなっている状態だというのに。生活を自分でどうにかできるようになってから、そっちの問題にも取り組もうとしていたのに。こんなときに連絡してくるなんて、相変わらず、自分勝手な奴。そして私も、うんざりするぐらい後回しにしすぎな奴。

紙からはわずかに、タバコの匂いがした。


地下鉄の二駅分の電車賃をけちって、この前まで寒さで震えていた私を馬鹿にするかのような暖かい空気の中歩いてたどり着いたのは、オートロックの、エントランスも付いているきれいなマンションだ。

前に何度か来たときは一人暮らしってこんなものか、と思ったけれど、今見上げるとその十二階建てのマンションが作りものめいて見える。いや、作りものには違いないんだけど、テーマパークみたいな、何かの冗談だと思いたくなるような、嘘くささ。

エントランスに入ると腰の高さのインターフォンが備え付けられていて、部屋番号を押してそこから呼び出すようになっている。横には住人がカードキーをかざす、電車の改札みたいな非接触型認証機。奥のエレベーターホールとの間には重たそうな木製の自動ドア。

冷たいステンレスのキーで仁美の部屋番号を押す。住民に許可されてやっと、私は中に入ることができた。

「いらっしゃい。時間通りだね」

うちより断然明るい部屋にあがると、和志だけが来ていなかった。リビングのシャンデリアを模した照明が目に痛い。

「おっす。久し振り」

奥のソファでくつろいでいる泰宏が、片手をあげる。

「ああ、ヤス。珍しく早いね」

「高藤もな」

泰宏は自分では言わないけれど、たぶん育ちがいい。私も一人暮らしを始めるまでは何も知らなかったけれど、それに輪をかけて世間知らずというか、「生活」知らずだ。例えば、公共料金をコンビニで支払えることや、リンゴの皮をむいたまま放置するとどうなるかを、私たちに教えられるまで知らなかったりする。前にカレーパーティーをしたときにキッチンに立たせたら、ものの数分で指を切った。しかもピーラーでだ。あれで切る人がいるなんて、そのとき初めて知った。

当然、鍋の準備も、仁美が一人でやってるようだ。

「手伝うよ」

途中だったらしく、ざるに入った白菜が流しに置かれたままだった。袖をまくる。

「ありがと。じゃ、エノキ割いてもらっていい？」

「了解」

広いカウンターキッチンで下ごしらえをしていると、暇そうに雑誌をめくってた泰宏が、

「そういえば高藤、和志から聞いたぞ。親父さん、すごいことになってるんだって？」

振り向いて、ソファの背もたれから身を乗り出してきた。

「嬉しそうに言うな」

低い声で警告すると、

「あ、私も聞いたよー」

横で仁美も声をはずませた。リズミカルに白菜に包丁が入れられる。その音がまた、いやに楽しそう。

「大変だねぇ、お嬢様は」

「お嬢様はコンビニでバイトなんかしない」

「確かに」

エノキを懸命に割く私を横に、二人は親父の奇行について盛り上がり始めた。

手紙、非通知での電話、バイト先への挨拶。こうして第三者に一つ一つ挙げられると、違うよそれ話膨らんでるよ、と言いたくなるぐらい馬鹿馬鹿しかったけど、残念ながらどれも事実だった。

「愛されてるねぇ」

「嬉しくない」

「あんなに仲良かったくせに」

「もう過去の話。ストーカーとは仲良くできない。ニラも切るよ」

まな板がふさがっていたので、ニラを手でちぎる。包丁で切るより、香りが増すのだ。以前仁美に教えたことがあったけど、「手が臭くなるのが嫌」と一蹴されてしまった。

学費のことは言い出せなかった。

自分の問題だ。学校を辞めなければいけないかもしれない、そう言って悲劇のヒロインぶるのも、憐れまれるのも絶対に我慢ならない。第一、学費が払えないなんて、二人には非現実的すぎて理解してもらえないだろう。冗談の一つだと思って、笑い飛ばされるかもしれない。

「あ、和志遅れるから先始めてていいって」

泰宏が携帯を見ながら言った。バイト先から直行するという話だったので、きっと交替や引きつぎが長引いているのだろう。壁の時計を見上げると、集合時間の六時を十五分回っている。

「何時頃着きそうって？」

「七時近いって」

「じゃあ、食べちゃう？」

仁美がなぜか私に聞いてきた。

「でも準備も終わってないし、和志が来たら火入れればいいんじゃない？　煮えるまで、そんなに時間かからないし」

「それもそうだね」

「あ、つまみなら買ってきたぞ」

泰宏がソファ横の袋を持ち上げて、中身をテーブルに並べ始めた。

「クラッカーと、グリッシーニにチーズ。あとレバーペーストと鱈のパテ」

私が驚いたのはそれらの箱や瓶、ビニールの包装に書かれている商品名が全部、日本語ではないことだった。これうまいんだよなぁ、と、泰宏がパテの瓶をなでる。

仁美が苦笑いする。

「今日、キムチ鍋なんだけど」

「知ってるけど?」

「合わなくない?」

「だって、仁美がつまみ買ってこいって言ったから買ってきたんだろ?」

ヤスお坊ちゃまが口をとがらせた。

「言ったけどさ。なんか私がイメージしてたのと違う」

「まあ、あれば充分だよ」

私が鍋に材料を押しこみながら言うと、

「はぁ」

仁美が隣ででっかいため息をついて、しょうがないからワインでも開けるか、と流しの下を探りだした。私からすると一人暮らしの学生の部屋にさりげなくワインがあること自体、でっかいため息なのだが。

リビングに移り三人で呑み始めたとき、ちょうど六時半になろうとしていた。

「天気予報やってないかなー」

仁美がテレビをつけてチャンネルを回し始める。

「明日どこか行くの?」

「ん、別に。なんとなく」

こんな時間に天気予報なんてやってたかなぁ、と古い記憶を辿る。

「そういえば高藤、テレビないってまじ?」

まじってまだ現代語なのかなぁと思いつつ、

「まじっす。ちなみに洗濯機はつい最近買った」

答えると、二人は一斉に声を高くした。

「今までどうしてたの！」

「手洗い、手絞り、自然乾燥」

「テレビは？　ニュースとか不便じゃない？」

「ニュース見てるの？　二人とも」

言うと、面白いぐらいに黙ってくれた。

実際は、バイト先のＰＣでヘッドラインを流し読みするぐらいはしてるので、それで足りている。

「なくても意外とどうにでもなるものだよ」

「テレビぐらい買いなよー。今は安いのいっぱいあるでしょ」

「……なんか高藤、仙人みたいだな」

褒めているつもりだろうか。人間以外のものを見るような二人の視線を、私は頭を鈍くしてやりすごすことにした。別に私は盗みを働いているわけでもないし、恥ずかしい生き方はしていない。なのになんで、たかがテレビがないと言っただけで、哀れむような目を向けられなければいけないんだろう。学生課の窓口と、同じ目。

考えない。考えない。

そこで仁美がリモコンを置いた。

あれ、天気予報じゃないよ、と言おうとしたとき、テレビの中の音が聞こえてきた。

『今日はまだ十九歳の若き才能・笹山慎さんをご紹介します。こんにちは』

……あと数日で二十歳のくせに。

無意識にそう思った自分に驚いて画面を見る。

『椅子職人・笹山慎さん（19）』

なんだ、そのやぼったい肩書き。短くした髪で、仏頂面の男が映っている。

四月二十日生まれだから、もうすぐ二十歳。

『こんにちは』

昼間に撮ったらしく、明るい光の差し込む工房をバックに、低い声が響く。

可愛らしさだけで売ってるような小柄な女子アナが、インタビューを続ける。

『笹山さんは主に椅子を作っているんですよね？』

『まあ、主に、というかほとんど椅子だけですね』

『じゃあ、ご職業はインテリアデザイナー、ということでしょうか？』

『いえ、そんな大層なものじゃありません。ただの職人です』

『なるほど』

女子アナが神妙にうなずくと、後ろから「ひよっこが『ただの』なんて言うな」と、マイクを通していない声が飛んだ。カメラの端にあの有名なゲームに出てくるマリオみたいな髭を生やして、マリオみたいなつなぎを着た人物が笑ってる。

『あ、あちらにいらっしゃるのは……』

『師匠です』

カメラがそちらに向くとすかさず今度は「映すなよ」と飛んできて、カメラは慌てて慎を中心に捉え直した。

――なんで仁美も泰宏も、黙って見ているんだろう。

『ええと、笹山さんがあの師匠さんに弟子入りされたのは最近なんですよね？』

『ええ、やっと一年です』

『それまでは……』

『普通の高校生でした』

『ではこの世界に入られたきっかけというのは一体なんだったんでしょうか？』

『子供の頃から日曜大工が好きで、よく作ってたんです。でも、どうせやるならデザインなんかを学校で学ぶより、ひたすら作る方が向いてるかな、と思って進学は考えてなくて。こういう職業が成り立つことも知らないままだったんですけど、師匠のことを高三のとき新聞の記事で読んで、まあ、そこからいろいろあって、弟子入りさせてもらったんです』

『う～ん、その辺のいろいろを聞きたいところなんですが、ちょっと時間がないですねぇ。残念』

私は知っている。手紙を出して電話をして、夏休みには福岡まで行った。最終的には師匠と慎の両親で話し合いが行われて、弟子に迎えてもらえることになった。全部私が、夏の受験対策に夢中になっている間の話だ。

画面は切り替わり、慎の簡単な経歴や椅子を作る過程がＶＴＲで流れていた。

デザイン画から始まり、材質選びや調達、最後の磨き上げまで全部一人で行う。タオルを頭に巻いて額に汗をするという、職人にありがちな光景。ああ、慎は本当に職人になってしまったのだ。

『ええ、そんな笹山さんですが、弱冠十九歳にしてなんと、先日行われたアジアリビングコンペティションでデザインアワードを受賞したのです。その作品は残念ながら今ここにはないんですが、先週仕上がったばかりという新作に、今日は特別に座らせてもらいましょう』

明るい木目が際立つ素材。あれは樫だったろうか。もう忘れてしまった。広く取られた肘掛けの間。台形の座面。真新しい椅子の艶。

『ああ、いいですねぇ。なんだかすごく落ち着きます』

アナウンサーが上目遣いでしみじみと言うと、慎はそこで初めて硬い声を解く。

『ありがとうございます』

私はアナウンサーの後ろに映るカレンダーを見ていた。地元の信用金庫の名前が印刷されたそれには、従業員の予定が書き込まれていた。その中の今日の欄に『オンエア』、一昨日の欄に『取材日』と赤い字で書かれ、更に丸で囲まれている。間違いない。学校が始まった次の日だ。

一昨日、あの手紙があった日。

あの手紙がポストに入れられたのは、私が学校に行っている間だ。おそらく昼の十一時から一時の間。このVTRも真っ昼間に撮られている。

やっぱり慎じゃない。一年間も携帯のアドレス帳を開いて、意識しないようにしておきながら、結局それらしい手紙が来ただけで動揺してしまうなんて、本当にアホみたいだ。みっともない。

かっこ悪い。

だいたいあんな終わらせ方を自分からしておいて、『やり直して欲しい』なんて言われるわけがないのだ。

最後に、福岡市内のデパートで行われるという、そのなんとかアワードの展覧会の告知をして、夕方のニュース番組のコーナーは締めくくられた。

スタジオにカメラが戻ると、明日は伊豆のペットブリーダーを紹介します、と、熟年のアナウンサーが告げる。ブリーダーと一緒に登場なんて。雑多煮だ。

次はお天気です。

部屋の空気が止まっていたことに、ようやく気付く。私だけではない、仁美も泰宏も止まっていたのだ。

へえ、と思った。

「知ってたんだ」

責めるつもりなんてなかったのに、口にした途端、頭に血がのぼっていくのがわかった。耳の後ろでどくどく脈が鳴っている。

仁美の方を見られない。天気予報の低気圧の動きを目でなんとなく追う。

同じ大学の造形学部に私の高校時代の同級生も仁美の友達もいるから、たぶんその辺から聞かされたんだろう。慎はこの一年で、その分野の有名人になりつつある。番組のことも、それからたぶん、私と慎が付き合っていたことも、仁美たちが耳に入れてもおかしくない。

「で、だから六時に集合だったんだ？」

私はめったに時間に遅れない。準備は三十分もかからない。鍋を始めるにしてもつまみをつくにしても、六時半には落ち着いている。計算されていたのだ。きっと私がバイトの予定なら、後日録画を見せられたんだろう。

右隣にいる泰宏がワイングラスを持ったまま、呑みもせず置きもしないのが見えた。

「そんな、私はただ一咲がテレビないって言うから……」

仁美の声が小さく震えていって、ああ、だから女友達は面倒くさい、と思う。泣けば済むとか思ってるんじゃないか。

でも私は残念ながら、泣かせて気が済むタイプじゃないのだ。

「だからってさりげなく見せるの？　へえ、そう。わざわざありがとう」

仁美も泰宏も黙っている。テレビの音だけ響く中、チャイムが鳴って、二人が同時にそっちを見た。

「帰る」

立ち上がって床に置いたままのバッグをつかむ。玄関とリビングを隔てるドアを閉めると、思っていたよりも大きい音がした。

くそ、と思いながら靴をつっかけ、外の共同廊下に出る。ホールまで行くと、ちょうどエレベーターから降りてきた和志と鉢合わせした。

「おっす。お出迎え？」

無視して横を通り過ぎ、閉まりそうなエレベーターの扉の間に無理やり手と足を突っ込んで、広げた。乗り込む。肩をぶつける。

「おい」

一階のボタンを押すと、扉にはめ込んだガラス越しに和志と目が合う。こいつもか、と思うと睨みつけることしかできなかった。

恋愛のことで口出しされるのは嫌いだ。

小学生の女の子なんかが「この子あんたのこと好きなんだって」などと勝手に仲人を買って告白するお節介も、仁美が元彼とくっついたりヨリを戻したりするたびにファミレスで長時間私を付き合わせるのも、はっきり言って理解ができない。

ああいうのは、人の手を借りてまでするものではないと思う。

しかし何故だか女子の間では、自分に害のない恋には協力しなければいけないという掟《おきて》が出来上がっているらしい。高校を卒業してからも、一部の友達からは「ちゃんと連絡とってるの？」と、ちゃんと食べてるのか心配をする母親のように言われた。

慎は学校のお勉強はできなかったけれど、人の懐に入るのがうまいやつだった。

存在を知ったのは高二の秋だ。帰りの電車で、見たことはあるけど名前は知らない同じ学校の男子が、司馬遼太郎の『燃えよ剣・下巻』を読んでいたのだ。私はちょうどその頃、一歩先を行って『翔ぶが如く』を読んでいた。

歳とお雪の大事なシーンを邪魔する気はなかったので、その電車で話しかけることはしなかったけど、後日クラスの違う友達に教科書を借りに行ったら、その子と『燃えよ剣』の男が話していた。そこで初めて、慎の名前と漢字表記を知った。

「もしかして由来は中岡さんから取った、とか？」

フルネームで中岡慎太郎、とは言わず、わざと知り合いのことのように聞いてみた。一緒にいた友達は、「中岡さんって二組の？」と首をかしげていた。

「なんでわかったの」

慎は目を丸くしていた。

「高藤一咲です」

答える代わりに名乗ると、「ああ、もしかして近藤さん？」と慎も反応した。

私は感動した。私の名前の由来は『一番に咲くように』だと思ったら大間違い、単に親父が幕末ファンで、男の子が生まれたら近藤局長と同じく『いさみ』にしようと思っていたところ、生まれ出たのは女の子、勇ましすぎるのもどうかと思い、一字変えてこうなったのだ。白身魚と同じなのも偶然。ちなみに弟の遼太も坂本先生から一字変えて、同じく漢字を当て直し、ああなった。でもそんなカラクリに気付く人なんて今まで誰もいなかったのだ。

「ずるいよな、『藤』まで付いてて」

授業の合間のその十分休憩で、慎が笑うと目尻にきゅっと皺ができることまでわかった。

そこから放課後とか、朝の電車とか、そういう短い時間だけで充分だった。何回か食事に行ってデートを重ねて、なんていうプロセスは高校生には必要ない。将来のことを考えて付き合い始めるわけでもないので、相手のことが気に入れば、それだけで行動に起こせる、それが特権でもあった。

「俺、一咲のこと好きなんだけど」

だからその日の慎も、学校から駅まで歩く短い距離の中で言い出したのだった。

「だから？」

翌週末、『燃えよ剣』の舞台を観に行くことを約束していた。実質初めての、放課後の延長ではない外出だ。有名な舞台俳優が、殺陣《たて》の稽古を一年間積んで臨むと聞いて、私はかなり期待していた。

せめて、それが終わるまで言うの待てばいいのに、と自分勝手なことを思っていた。そしたら素直に観劇が楽しめるのに。

「だからって、別に、それだけなんだけど」

「なんで今言うかな」

「今言いたかったから言っただけなんだけど」

私は返答に困った。

「なんで？　何かまずい？」

気まずい。慎だけなんでもないって顔してる。

それまでは、そういうことがあるととっさに適当な答えを返していた。ペットが病気で看病が必要だから、とか、親の遺言で、とか。だってどう考えたって私はモテる性格じゃないのに、ちょっと気が合って仲良くなっただけで、男友達はどこからか命令を受信しているみたいに「付き合おう」とか言い出す。それも、軽いノリで。適当に返すしかなかったし、それで笑っておしまいにできればお互い気楽で良かった。

でも私はそのとき、そういう方法を取れなかった。笑って終わりにしたくなかったのかもしれない。

「だって慎の言い方、意味わからないし」

無防備なぐらい正直な言葉が、怒っているときと変わらない声で出た。

「わからないって、何が」

「付き合ってとか言うなら返事もしやすいのに」

「それはそれで、曖昧な感じがして。一咲なら『付き合うって何』とか言いそうだし」

さすが、幕末を追いかけていらっしゃるだけはある。現代人の恋愛がわかっていない。

駅の階段の下まで来た。

のぼったら、ホームに降りて、同じ電車に乗ってひと駅で慎はいつも乗り換えてしまう。このまま目の前の問題を放置するのもまずい。第一、来週には舞台が。

何か言わなければ。そういう気配は、隣からも伝わってきて、競技前のスポーツ選手みたいに妙にピリピリした空気だった。

並んで階段を上がりながら、いつから告白タイムはスポーツ競技になったのだ、と、くらくらしてきた。

上まで来たとき、慎が言った。

「じゃあ、もし付き合ってって言ったら、一咲はなんて答えるの？」

「……それはそれで、まあ、ありかと」

なんだか慎に口調が似てきたなぁ、と思いながら、ゆっくりホームに向かう。電車が入ってくるのが見えたけど、慎に急ぐ気配は見られない。

「ああ。じゃあ、そういうことで」

「そういうこと、って言うのは？」

「ありの方向で」

「……了解。ありの方向で」

帰ってから、くそう、なんだか詐欺《さぎ》に遭った気分だ！　と、悔しさに枕を殴った。自分の答え方や慎の応じ方にスマートさがないところも、思い出すと頭をかきむしりたくなるぐらい、恥ずかしかった。しょうがない、相手が慎で、しかも私だ。これはこれで、変だけどありだ、そう言いきかせて家族の前では平静を装っていた。

ただし既に周囲には付き合っていると思われていた私たちだ。たいして、何も変わらなかった。私は歴史学を専攻できる大学を目指して、という名目で日々読書に明け暮れていたし、慎は休みの日も一日中、家の庭で椅子を作っていた。

何で椅子なのか、と聞くと、

「知ってるか？　外国の霊は椅子につくんだ」

と不気味なことを言い出した。

「何それ」

「日本じゃ箪笥《たんす》とかだろ？　家具に取りつく霊って。それって日本人にとって長く使って愛着がわくのは箪笥で、外国の、特にヨーロッパの人にとってはそれが椅子ってことなんだよ。日本の家なんて今はほとんどフローリングなんだから、日本人が、それだけ長く使ってもらえる椅子が作れたら、なんかよくない？」

それを聞いたらもう、休みの日に出かけられなくてもいいか、という気になってしまった。どこかに遊びに行きたければ親父や友達と行けばいいし、慎に会いたければ慎が庭で何かを作っている作業を見ながら、横で読書することもできた。

慎が大学に行かない、と聞いたときも、「みんなが進学する必要なんてないんだから、別にいいんじゃない」と言った。学校でやらされる勉強が好きでないことは知っていたし、地元の企業にでも就職するのかと思っていた。

高三の夏休みが明けて初めて、「俺、福岡行くわ」と言われた。「すげぇ人に弟子にしてもらえることになった」。

あのとき私は何を考えていたんだろう。三叉路のような形の図が、すぐに頭にはっきり浮かんだのは覚えているけど、ショックだとか悲しいとか、勝手に決められて腹が立つとか、そういう明確な感情が思い出せない。

校舎から図書室に続く渡り廊下で、そこはいつも日陰になっていて、外でセミが鳴いていてもひんやりと涼しかった。

三叉路の先は、福岡の大学に進学、こっちで進学して遠距離恋愛、別れるという選択肢。既に志望校を決めていたとはいえ、歴史学が専攻できる大学はどこにでもあるだろう。でも最終的に私は自分のプライドで決めてしまった。

男を追って道を変えるなんて絶対してやるか、と。

それで意地になって、まだ決めていなかった滑り止めも含め、都内の大学ばかり受験したのだ。結果は見事、『どうして今新撰組なのか』の著者がいる第一志望校に合格した。

三年生は三学期の授業がなかったから、年が明けてからはほとんど慎と顔を合わせなかった。会ったのは学校に決められた登校日と、あと卒業式ぐらいだ。

一度だけ、大学入学の準備に追われているときに、福岡に着いたというメールがあった。

『貧乏だけど狭いアパート借りて、まあ、なんとかなりそう。椅子は自腹でなら作らせてもらえるから、夜はバイトしてるけど。

一咲も志望校に合格したって聞いた。おめでとう』

私はこれから四年間、親元でぬくぬくと学生生活を満喫するのだろうか。そう考えると、自分で食うこともできない上、遊ぶイメージしかない学生になるのが、ものすごく恥ずかしいことに思えた。歴史を学んで誰の役に立つんだろう。四年後卒業したとき、慎との間に明確な差ができてないか。人間関係の距離、ではなく、社会人としてのレベルの差とか、そういうの。

私は慎に連絡を取ることができなかった。卒業以来メールは一度きりで、時間が経つに連れて、返信をするのは今更、という気持ちが増えていった。特に保護もしていなかったので、メールは新しいものに押し出されるように消えていった。着信履歴ももちろん残っていない。

唯一、アドレス帳のサ行にだけは慎に連絡を取る術が残されているけれど、時間を隔てて連絡するには理由が必要になる。私の中のそれは、とっくに消えていたはずだった。

だというのに親父のとは違う置手紙を見つけたとき、私は慎が帰省した可能性を真っ先に考えてしまったのだ。慎の字もよく知らないくせに。話をしたいなんて言う可能性のある人を、他に思いつくことができなかった。

慎が取材をされるようになった今、私はいまだにただの大学生で、高校のときとたいして変わっていなくて、別にやりたいことでもない方法で、余裕のない生活を食いつないでいる。

後ろからずっと同じ足音が聞こえる、と気付いたのはその帰り道だった。

仁美のマンションがある駅からうちの最寄の小鷹駅まで歩くには、最初は線路沿い、途中で線路からそれて大きい公園の横を歩かなければいけない。背の高い木がたくさん植わっていて、ちょっとしたアスレチックまである、森のような公園だ。まわりの住宅街や園内に街灯はあっても、木に囲まれて敷地全体が薄暗い。

思えば足音を初めに聞いたのは、仁美の家からひとつ隣の駅を通過したあたりだった。男物の革靴の音。それもやっぱり人気《ひとけ》のない、商店街のはずれの道だった。

それと同じようなリズムで、今も足音が聞こえてくる。

試しに、踵《かかと》から静かに地面に足をつけて自分のブーツの音を消して歩いてみる。すると、二、三歩して、後ろの音も消える。

鏡を取り出して後ろにいる奴の姿を映し出そうとしたけれど、暗くてうまく見えない。

変質者かもしれない。

ヒールのないブーツでよかった。まずはそう思うことで、気持ちを落ち着かせた。そこから装備チェック。携帯はポケットの中で開いておく。回りを見渡しても武器になるようなものは落ちていない。ボールペン類も目つぶしには使えるけど、はたしてうまく狙えるだろうか。護身術、習っておけばよかった。

再び足音が追いかけてきた。人気《ひとけ》のある道に戻るまで、あと十分以上はかかる。走った方がいいのか、逆に刺激することになってしまうのか、判断が難しい。だとしたら見られている場所での通報も避けなくては。

そこで思い立つ。メールを打つふりをして、後ろから見えないようにGPSの確認画面を呼び出す。途端に脱力しそうになる。

〝082《おやじ》〟は今、まさに私がいる辺り、仁美の家と私の家の中間地点辺りにいた。広域地図だけど、だいたいの場所は間違っていない。

わざわざ捕まえて抗議するほどの気力は私になく、そのまま無視して家まで歩いた。

夕勤時間帯のコンビニには、思いのほかゆったりした時間が流れていく。

午後五時から九時半までの通称「夕勤」は短時間であまりお金にならないのでやりたくないけれど、授業が始まった後のことを考えると、今のうちに枠を確保しておきたい。最近、どうも自分がガクセイであることを忘れかけている。このままガクセイでなくなっても、それはそれでしっくり来るんじゃないか、って気もしてくる。いかん。学費のことはなんとか手を打たねば。

検品も品出しも終わって二十時を過ぎると、夕飯に弁当を買っていく客足もまばらになる。この辺りは独身者は比較的少ないらしく、駅から住宅街へ入っていく途中のこの立地では、朝の方が圧倒的に売上が良い。あまりにも暇なのでレジ後ろのタバコ陳列のわずかなズレを直したり、たった三箱の隙間を棚から出して埋めたりしてなんとなく仕事をしているフリをしていたら、同じく学生の石森さんが冷蔵庫の補充から戻ってきた。

「あと十五分ちょいかぁ。俺はそのあと続けて夜勤だけどさ」

店内を見渡したついでに壁の時計を見上げて言う。

「そうですねぇ」

私はマイセンとマイセンの一ミリのパッケージを睨んでその違いを必死に探し出している途中だった。

「なんか一咲ちゃん疲れてない？」

客はいない。話し放題だった。長時間この状態が続くわけではないけれど、数分置きにやってくる客は一、二分ほどで用を済ませて出ていく。コンビニとはそういう所だ。

「疲れてないですよ？」

と石森さんの方を振り向き様に、タバコ横に積んであったオリジナル携帯灰皿付きの限定カートンの山を肘で崩してしまった。台からは落ちなかったけれど、今度はレジ奥で石森さんが黙って指しているフライヤーが目に留まった。

「あ」

「珍しいね」

フランクフルト三本を揚げてから、二十分近く、そこに放置したままだった。タイマーで自動的に品物が上がってくるようになっているから焦げたりはしないけど、完全に冷め切っている。

「すみません。……廃棄ですか？」

「や、こんなのもう一回軽く揚げ直せばいいだけだよ」

答えながら石森さんの手はすでにタイマーをセットしている。フランクフルト入りの網が油に沈んでいく。

「一応これ見てて。一分ぐらいじゃ焦げないと思うけど」

「はい」

場所を入れ替わり石森さんがレジに立った。私が乱したままのカートンを元の形に積み上げ直しているのが、横目で見えた。

「あ、すみません」

「そんな、フランク程度で謝らんでもいいよ。働きすぎ？」

それは笑いながらで、からかい半分で、でも私は否定しようとした。

「そんな」

ビー、と、古い映画館のブザーのような音が割り込み、フランクが油にまみれて出てくる。ほぼ同時、最近は夢の中でまで聞こえてくる入口のチャイムが鳴り、客が入ってきた。石森さんと目を合わせ、おしゃべりは中断、そう軽く肩を竦《すく》め合う。

私はフランクの油をかるくペーパーで拭き取り、ホットケースにきれいに並べることに集中する。

仕事のツメが甘くなりすぎていないか。ここ数日、慣れが出てきたせいか朝出勤するのが遅刻ぎりぎりだ。たかがコンビニの仕事、底辺でだけこなそうとするバイトはたくさんいる。けれど、給料をもらう以上、その分ぐらいはきっちり働くべきだ。とか考える私の頭はきっと固いのだろう。

つまり、あれだ。疲れている、とやらの理由を働きすぎのせいにしたくはないし、かといって私生活をぶちまけてそのせいなんです同情してください、なんて言う気には毛頭なれないんだ。ただの見栄。

「これと、ＰＭ１のロングを」

そう聞こえたとき、真っ先に、手に持っているトングを凝視した。次に顔を上げたとき、その客がまだ店を出てはおらずお釣りを受け取っていることが信じられないぐらい、トングの、さきっちょのなみなみになっている部分にくっついたコロッケのものと思しき衣のかすをずっと見ていた。トングを落とさないか心配だった。

『あんまりメジャーな匂いじゃないよ』宮野さんが、筆跡の違うあの置手紙を嗅いで、そう言っていたのを思い出した。慎じゃなく親父でもない、それ以外の人が吸うタバコ。

ＰＭ１のロング――それこそ、あまり出ない銘柄だ。しかしレジ前に立っていたのはいつか自販機のところに立っていたあのサラリーマン風の男だった。宮野さんが言う「マルメン」を吸っていたはずの。日頃から身に付いているものなのか、背筋がまっすぐ伸びている。

ホットケースのガラス戸を開けたまま突っ立っている私をちらっと見ながらも、石森さんは至って事務的なありがとうございますを言い、その間に客はホットケースの前を通り過ぎて出て行った。

「ありがとうございます」

私の声が追いかけようとすると、今度は夜勤の店長が入れ替わりにやってくる。

「おう、お疲れ」

「おつかれっす」

私はホットケースの扉をやっと閉め、トングを横のフックにひっかけることに成功した。

コンビニの明かりに照らされる、あの後ろ姿を焼き付けようとする。外に出て、左に曲がっていくグレーの薄手のコート、薄いビジネスバッグ、少し整えている髪。それ以上は覚えられない。特徴がない。

でも明らかに、知らない顔だった。

動揺しすぎだ。あまり出ないタバコを買う客なんていくらでもいる。

それでも目の前を通って行ったときの、わずかなタバコの匂い。草みたいな匂い。ものすごく、あの紙の匂いに似ている。

「どうした一咲ちゃん、あの客に惚れたか？」

さすがおっさんだ。平気で私の思考の邪魔をしてきた。

「……いえ、全く」

仮定の話になってしまうとわかっていても、考えずにはいられなかった。あのサラリーマン――ＰＭ１の男があの手紙の主だったとして、うちのポストに置手紙を入れる理由。それもただの手紙じゃなく、諦めきれずにしたためた、恋文。たぶん、タバコをふかして待ち続けるほどの執念。

人違いだ。なんて紛らわしい。

ずっと見ていたドアから、今度は常連客が入ってくる。背の高い三十代のサラリーマン。

「いらっしゃいませ」

八時半頃、スポーツ新聞と、緑の箱のタバコ。とたまにお弁当。だいたいこの組み合わせのお客さんだった。

レジを済ませて袋を持って行くときに一言、大きな声ではないけれど「どうも」と言いながら猫背を更に丸めて軽く会釈してくれる人だ。

お金を払っておきながら義務ではないお礼を言ってくれる、というお客さんは好印象なので、夕勤バイトはみんな覚えていた。私も、人の顔を覚えるのは得意ではないけど、このお客さんは見分けることができる。

コンビニの店員なんて、小銭は投げて渡されるわ、イヤフォンを付けたまま支払いされるわで、客からは人間だと思われていない扱いを受けることの方が多いのだ。だからこそ、こういう小さいことに、救われる。

「ああいうのにしなよ、どうせなら」

お客さんが出て行くなり、店長が言う。

「だから違いますって」

笑って答えたとき、レジに立ったままの石森さんが声を上げた。

「やべ」

パネルで、売上履歴を見ている。

「二個前のお客さんの、つり銭間違えた」

売上は缶コーヒーとタバコで四百二十円。

「出されたの五百円なのに、俺、タバコがロングだから三百三十円と勘違いしてた」

ベテランは、レジを打っていても受け取ったお金をインプットしないことが多い。混んでいる時間帯なんかはインプットしている時間も惜しいし、収支が合えば問題ないからだ。つり銭が自動的に出てくるタイプのレジではないので、自分で暗算して先につりを用意した方が早い。最近、私もようやくそれができるようになってきた。

石森さんは八十円返さなければいけないところを、五十円しか返していないという。

「私行ってきます」

三十円でもお金はお金だ。あの男が左にゆっくり曲がって行ったのは見ている。たぶんわかる。レジから出したその三枚の十円玉を握り締めてダッシュしようとすると、店長が呼び止めた。

「じゃ、一咲ちゃん、ちょっと早いけどそのままあがっていいよ。また戻ってくるのもあれだし。もし捕まらなかったら釣り銭、明日でいいから。タイムカードは俺が押しとく」

「本当ですか？　ありがとうございます」

うちの店の制服は、私服の上に羽織るだけになっている。

裏に引っ込みながらそれを脱いで、ロッカーから引っ張り出した上着をひっかけ、鞄を握って店を出た。

「ごめん、一咲ちゃん」

石森さんが後ろから声をかけてきたときは、私はもう店の外にいた。

ＰＭ１のロング。たぶん常連じゃない。今までも夕勤は何度か入ったけど、その半数以上が常連客だった。だいたい立地を考えればそんなものだ。それに石森さんが、いつも夕勤ばかり出ている石森さんが、そのタバコの値段を間違えた。滅多に出ない銘柄。外の自販機には入ってない銘柄。

若い声。二十代半ばぐらいだろうか。高くなく、低くもなく、割れておらず、少し幅のある。

コンビニから左に向かい、見通しの良いゆるい坂をのぼる。

見ればわかるという自信はあったけど、その坂にいるのは、犬を連れたおばあさんだけだった。

まっすぐうちのアパートに向かっていればいいけどどこか別の道に入ってしまったんだろうか。

だとしたらもう、わからない。都合よく、タバコの匂いが流れてくるわけでもないし。

仕方なく坂をのぼりきり、そのまま家に向かった。けれど歩調は早歩きのまま、変わらない。

いつもより十分早くあがったことで、何かいつもと違うことが起きる気がした。

もしかしたら。今日はすれ違いにはならず、PM1の男もまだ待っているかもしれない、とか。

たった十分だけなのに。

小道沿いの家の垣根の向こうに、アパートの敷地が見えてきた。右に曲がる。敷き詰められた砂利に足を踏み出す。誰かを驚かせてしまいそうなぐらい、音が鳴る。見渡したけれど、人の気配は隣に建っている一軒家からしか感じられなかった。

自販機の明かりの中に、人はいない。階段を見上げる。通路にも、いない。

あの手紙、また入っているんだろうか。やり直したがっている人。諦めの悪い人。人違いだって、教えてあげたかったのに。余計なことだろうか。

早足で歩いてきたことが、急に恥ずかしくなってきた。たった数分の距離で息が切れるとは考えにくいから、きっとこれはため息なんだろう。どうしようもなく宮野さんに話したかったけれど、まだ仕事の時間のはずだ。頭の中でカレンダーを思い描く。今日は何曜日だっけ。確か木曜日。おでん管理シートに曜日を書き込んだはずだ。いや、それは昨日のことだったような。

下のポストは空。階段をのぼって、ドアの隙間も何も挟まっていないのを確認する。諦めて帰ってしまったのだろう。

そしてドアを開けると、中から明かりがもれてきた。点けっぱなしだったか、と反省しようとすると、玄関に見慣れない靴が見えた。顔をあげる。ため息を飲み込む。

私の部屋に、男が二人、いた。

3

「なんでいるの」

息を飲み込んだ直後だったので、張りのない声しか吐き出せなかった。

私は狭い玄関を見た。足元には男物の靴が一足、脱ぎ捨てられている。そのすぐ横に親父。靴をはいたまま、立っている。

親父の後ろには何故か、冷蔵庫の上にだらんと垂れさがった一本の電気コード。プラグは抜かれている。

「一咲」

親父は目を丸くした顔で一度振り向き、それから部屋の奥を見た。

キッチンの向こう、リビングとの間にスーツ姿の男が佇んでいる。間違いない、ＰＭ１の男。まったく動く気配がなく、呆然としている。

なんでアパートの外じゃなく、よりによって私の部屋の中にいるんだ。こちらまで呆けた顔をしそうになる。

「あの人は？」

親父の声が裏返って、ようやく私は頭を働かせ始めた。そうしたら、親父まで固まっている理由がだんだんわかってきた。

ＰＭ１の男、親父。その順番で入ってきたとしたら。

親父は絶対よからぬ誤解をする。ていうか、もうしている。

親父が暴れ出す前に、どうにかしなければ。

「ええと」

私は無理やり親父の視線を避けて、ますはＰＭ１の男を見た。

「どうやって入ったんですか？」

男はのろのろとスーツのポケットを探り出す。

「一咲、その前に説明を」

「親父、ちょっと黙ってて」

「これで」

最悪なことに差し出されたのは、革のキーホルダーに付けられた鍵だった。玄関が開いているということは、十中八九、私が持っているのと同じ形。これじゃあまるで、

「一咲、まさか合鍵を……」

やっぱりそう来た。くそ、疑われる要因を増やしてどうする。

「ちょっと親父黙ってってば！　本当に違うから。てか私も説明を聞きたい」

そこでそれまで黙っていた男が、声のようなものを発した。

「……ああ」

ため息、というほどはっきりしたものではなかった。いろいろな感情の詰まった音。動物の鳴

き声のような不明瞭さ。焦点の合っていない目。

言葉は通じるのだろうか、と心配になりかけたところで、今度はきちんとした日本語が聞こえて私は安心した。

「すみません、最初から説明します」

「とりあえず入ってもいいっすか」

私はなぜか自分の部屋に入ることに許しを請いながら靴を脱いだ。だって男の靴はあまりにも慣れた感じで、自然に脱ぎ捨てられているのだ。

「あ、すみません」

「ほら、親父もとりあえず入ろう」

「ん、ああ」

私たちは揃って中へ入り、何もない床の上にそのまま座った。くれぐれもPM1の男と並んで親父に向かい合うような座り方にならないよう気をつける。

親父が余計なことをしゃべらない内に、と私は口火を切った。

「あの、お名前は」

するとPM1の男は、はっと気付き、慌てて名刺を取り出した。

「松葉と言います」

親父と私に一枚ずつ。こんなときに会社の名刺を出して大丈夫だろうか、この人。

名刺には私も聞いたことがあるような建設会社の名前が書かれていた。親父は自分の名刺を出すこともしないで黙っている。

「高藤一咲です。ここの部屋借りてます。こっちは父です」

しょうがないから私だけが名乗った。

洗濯物が出しっぱなしじゃなくて良かった、と、的はずれなことを思った。念のため、すぐに警察を呼べるようにポケットの中で携帯を開いておくことも忘れない。

だけど松葉からはそんなことを必要とするほど攻撃的な雰囲気は一切出ていなくて、むしろものすごく弱く見えた。細いとか小さいとか、そういうことではない。中肉中背、取り立てて身体的特徴もない男だけれど、この前自販機の横にいたときよりも小さくなって、見るからに意気消沈している。いざとなったら武道の心得のない私にでも倒せるんじゃないかってぐらいに。

どう切り出そうか考えていると、親父が先攻に出た。

「松葉さん、鍵を持っている理由は？」

私が聞きたかったのもまさにそれで、でも親父が想像しているだろう答えと私の答えは違う。

松葉はきっと、知らなかったのだ。

「その前に確認させてもらいたいんですが……。高藤さんが入居したというのはいつ頃ですか？」

「二月末です」

私が答えると、松葉は天井の辺りで焦点をさまよわせた。

「二月」

やっぱり、知らなかったのだ。私は確信した。

「それ、前住んでた人の鍵、とかですよね」

松葉の手元を指す。

何かの記事で読んだことがある。いい男は鍵を三つ持っている。自宅の鍵、車の鍵、そして恋人の部屋の鍵。見本のように三つの鍵がついている松葉彰人のキーホルダーは、茶色い革でできたシンプルなもので、正直、私はそれを、センスいいって思った。

「そうです」

松葉は目を伏せて、キーホルダーを指でなぞった。

仁美がのろけ話をするときに、彼氏にもらったアクセサリーを指先でいじる癖を、私は思い出していた。

その指が止まった。

「念のため、説明させていただきますが、僕はお嬢さんとは初対面です」

松葉は親父の方に正座した膝を向けて言った。

「この鍵は、前の住人のもので、今日はこれを返すつもりで来たんです」

今日は、じゃない。何度も来たことを私は知っている。それにあの手紙。鍵を返すのはただの口実だったはずだ。

私は黙っていた。

「でもチャイムを鳴らしても誰も出なくて……。しばらく待ってみようかと思ったところで警報器の音が聞こえて来たんです」

松葉は私と親父の間を指した。振り向くと、さっきも見た冷蔵庫の上のコンセントプラグ。その先はガス警報器。

「あ、バルサン！」

忘れてた。

最近暖かくなったので、長く家を空ける昼勤を狙って今朝、バルサンを焚《た》いたのだ。あれは確か、警報器の電源を切らなければいけなかったはずだ。

「それでもしかして、って思って。前の住人が引っ越したことも知らなかったので、鍵を使って入ってしまったんですが……そこでチャイムが鳴ってドアを開けたら高藤さん、お父さんで、事情を説明しようとしたところに今度はお嬢さんの方が入って来たんです」

いきなり部屋に現れた不審者の説明を信じていいのかどうかわからないけど、松葉の静かで整然とした話し方と、脱ぎ捨てられた靴とのギャップが、疑う余地をなくしている気がした。

「すみませんでした。知らなかったとはいえ、勝手に入ってしまって」

松葉がその場で頭を下げる。ほぼ土下座に近い姿勢だった。

「いえ、こっちこそ警報器止めてもらって助かりました」

私も一応程度に頭を下げておく。

穏便に終わろうとしている空気の流れを止めたのは親父だった。今さら、ようやく口をひらいたのだ。

「失礼ですが松葉さん、その元住人というのは」

「その、お恥ずかしい話ですが、――別れた彼女です」

答えを知っていたので、やっぱり、と言いそうになる。そこで終わればいいのに、親父は掘り下げ始めた。

「なるほど。それでその方は、もう引っ越されたということですよね」

「そうみたいです。最後に自分が来たのが去年の十一月の下旬ぐらいなので、たぶんその後、ここを出たんだと思います」

松葉も親父も淡々と話す。

何か失礼なことを言うんじゃないかとひやひやしてると、

「わかりました。人違いというか、部屋違いだったということですね」

「そうなんです」

「なるほど」

親父はそれだけ答えて腕を組み、すぐに私の方を向いた。

「一咲、今すぐ不動産会社に連絡して鍵を取り換えてもらいなさい」

「はい？　今から？　もう閉まってるよ」

時計を見た。午後十時。

「だったら明日朝一番だ。鍵が交換されるまではうちに帰ってきなさい」

いつにない親父の命令口調に、私はむっとした。

「なんで？　明日も朝勤だしそのあと学校あるから無理だよ」

「一咲。今回はたまたま無害な人だったから良かったものの、他にも同じ鍵を持ってる人がいるかもしれないんだから、危ないでしょう」

親父の言い分はわかる。私も松葉の事情を理解したときから、鍵の交換しなきゃなぁ、と漠然と考えていた。

けどそれって命令されてすることじゃなくて、自分で考えて手続きするものだ。

「いいって。明日学校の休み時間にでも電話して自分でやっとくから」

「駄目だ。帰るのができないというなら、ここは引き払いなさい」

「そんなお金ないっての」

「だったら家に戻ればいい。やっぱり一人暮らしなんて早かったんだ」

やっぱり、と人前で、しかも赤の他人の前で吐き捨てられたことで頭に血がのぼる。

「そうやって親父がいつまで経っても子離れしないから、まわりにも子供扱いされるんでしょ!?　大学生のバイト先に挨拶に来るとか、ほんとありえないんだけど」

「……だって一咲が初めて自分でバイト先探したって聞いたから」

親父はまた下唇を突き出した。

「だからそれ！　そうやっていじけてみせるのとかやめて、もっと親らしくしてよ！」

「それと今の話は関係ない」

「ある。すっごくある」

「じゃあ、どう関係あるのか説明して」

膨らんでいく親父の頬。

「そんなことより親父こそ学費のこと説明してよ。なんで払ってくれてないの!?　自分の勝手な感情で娘を退学させる気!?」

「人様の前でそんな話を持ち出すのはやめなさい」

「今話さないと、支払い期限まで時間ないんだってば！」

わかってる。親父も和志たちと同じで、私が一人暮らしをしたがる理由がわからないから、だから反対してるんだ。明確な理由。みんなが納得のいく理由。何か行動を起こすには、いつだってそういうのを求められる。

こっちに残って大学を受けると決めたときもそうだった。何で福岡にしないのか、仲のいい友達には必ず聞かれた。

説明すればわかってもらえるのかもしれない。でも私は、認めたくないのだ。論理立てて説明すればするほど、自我に芽生えた子供がなんでもまわりと違うようにやりたがってむきになるのと同じにとられる気がする。

「ちょっと来なさい」

親父が立ちあがって、私の腕をつかむ。

「痛い！」

「いいから来なさい！」

「引っ張らなくても行くって！　放して！」

連行されるのが癪で、私は狭い廊下兼キッチンで親父を振り払い、先に表に出た。スニーカーもつっかけたままだ。

「待ちなさい！」

追いかけてきた親父は玄関のドアをきちんと閉めてから口を開いた。私はその足元を見ていた。

郵　便　は　が　き

お手数ですが、
50円切手を
おはりください。

151-0051

東京都渋谷区千駄ヶ谷4-9-7

(株) 幻冬舎

「ファディダディ・ストーカーズ」係行

ご住所・お名前　〒□□□-□□□□ Tel. (　　-　　-　　) Fax. (　　-　　-　　)		
あなたのご意見・ご感想を本書の新聞・雑誌広告等で 1.掲載してもよい　2.掲載しては困る　3.匿名ならよい		
購読している新聞	購読している雑誌	お好きな作家

◎本書をお買い上げいただき、誠にありがとうございました。
質問にお答えいただけたら幸いです。

◎「ファディダディ・ストーカーズ」をお求めになった動機は？
① 書店で見て ② 新聞で見て ③ 雑誌で見て
④ 案内書を見て ⑤ 知人にすすめられて
⑥ プレゼントされて ⑦ その他（ ）

◎著者へのメッセージ、または本書のご感想をお書きください。

ご記入いただきました個人情報については、許可なく他の目的で使用することはありません。

ご協力ありがとうございました。

こんなときも、踵をつぶさないで革靴を履いている。

「待てって、どこにも行かないよ。逃げ回ってるのは親父でしょ」

私は外の共同廊下で親父を待ち構えた。一応近所を憚《はばか》って、抑えた声。

「とりあえず学費のこと説明して。普通そこまでして、娘の邪魔する?」

「……別に邪魔してるわけじゃないよ」

まるで子供の言い訳のように、ふてくされた言葉が出てくる。

何故に娘である私が、親に説教をしなければいけないんだ。

「結果的に邪魔してるでしょ。私は一人暮らししたいし、大学にも行きたいの。生活はしょうがないから自分でなんとかするけど、学費はずっと前から親父が払うことになってたでしょ。ここでそれを辞めるのは妨害としか思えない。私に退学させたいの?」

親父が、私が一人暮らしをしたい理由を測りかねているみたいに、私もその意図をつかめずにいた。

今までずっと私に甘かった親父が、ここまでしつこく何かを反対する、というのは初めてだった。やっぱりこのぼろいアパートに娘が住んでいることがショックだったのだろうか。だとしたら当てつけは成功だ。親父に見せつけてやるつもりもあって、こんなところを選んだんだから。

でも、むしろやりすぎた。

でもここが、私が自分で作れるぎりぎりの城なのだ。

「一咲は、退学するつもりか」

親父が低く、短く言った。ほとんど、疑問ではなかった。

「わかってるでしょ。このままだと、それしかない」

学費の支払い期日まで、あと十日をきっている。

「うちに戻れば、学費を出すって言っても？」

ちょっと前の生活に戻るだけ。簡単な話じゃないか。親父が、そう言いたがっているのがわかった。

だけど今の私は、後退してる場合じゃない。

「それなら一人暮らしを続けて、ちょっとずつお金貯めて大学に行き直す方がまし」

口に出すと、悪くない、そう思えてきた。

「大学は好きだよ。まだ知りたいこともいっぱいあるし。でも一人暮らしだって同じぐらい続けたいの。家に戻れば、って親父は簡単に言うけど、楽な方法ばっかり選ぶのが正しいとは思えない。十九歳でも自活できるって、そんなの誰でも知ってるけど、実際にやるのとやらないのとでは大違いでしょ。

親父は、私がそんな中途半端な覚悟で一人暮らししたと思ってるの？」

「そ、そういう——」

かんかん、と誰かの靴底と、鉄の階段が音を立てて親父を遮った。ヒールの音。

「こんばんは」

宮野さんが、のぼってきながらにこやかに微笑んだ。お仕事帰り、ばっちりメイク。

「あ、宮野さん。お帰りなさい」

私が声をかけると、

「こんばんは」

親父が横で、きっちりと礼をした。そうだ、宮野さんと面識があるんだこの親父は。

「お嬢さんのご様子を見にいらっしゃったんですか？」

さすが宮野先生、見事に化けている。いつもの低い声はどこへやら、自然に良識ある大人を匂わす言葉遣い。

「はい。ちょっとトラブルがありまして――」

「親父」

制したつもりだったのに無駄だった。

宮野さんは鞄から鍵を出す手を止め、首を傾げた。

「トラブル、ですか？」

その目が一瞬だけ、私に楽しそうな視線を投げかける。マスカラ上向き睫毛《まつげ》。

絶対この人、面白がってます。

「あの、実は」

そして親父は今日あった鍵のトラブルを話しだしてしまった。もちろん、松葉の元彼女が、とか、学費が、の辺りは省いてだったけど、報告、というより、相談、だった。

宮野さんは神妙に相槌を打って聞いていた。

「それで、突然で本当に申し訳ないんですが……」

親父が切り出したのを止めるよりも先に、宮野さんは深くうなずいた。

「わかりました、こうしましょう。今日は一咲さんはうちに泊まってもらって、明日不動産会社に連絡して鍵の交換の手配をする。交換が平日の昼間なら、一咲さんが学校に行ってても私が立ち会えますから」

すっぱりと宮野さんが言いきるので、逆に親父は戸惑ってしまった。

「いえ、そんな、そこまでしていただくのは……」

「問題ありません。お嬢さんにはいつもおいしいお料理をご馳走になっていますので。それに私の部屋は入居のときに一度、鍵を換えていますから、安全だと思います」

宮野さんが微笑を浮かべる。間違いなく、救世主に見えた。

「宮野さん、ありがとうございます！」

親父が何か言いだす前に話を進めてしまえ。

「というわけで、親父、宮野さんちに泊めてもらうから」

「そんな、お気持ちはありがたいんですが、宮野さんにご迷惑では――」

それから二、三度、ご迷惑では、いえいえ大丈夫です、という、あの大人独特の、寄せては返す波のようなお決まりのやり取りが行われ、そして最終的にやっぱりお決まり通り、親父が深々と頭を下げた。

「では、お言葉に甘えさせていただきます」

昔からよく親父に言われたものだ。実るほど頭を垂れる稲穂かな。なんてじじくさいんだ、と思っていたけれど、なるほど、自分の親が頭を下げるところを間近で見ると、なんとなくそれもわかってくる。

親父はオリジナルの俳句を詠まない方がいいんじゃないか、そんなことを考えながら私も宮野さんにお辞儀をした。顔を上げる瞬間、宮野さんがまだ頭を下げたままの親父には見えないタイミングで、にやりと笑う。

目で合図を送り返したとき、松葉が部屋から出てきた。

「あの」

鞄を下げている。

「鍵、お渡ししますので、もしお取り込み中だったら……」

松葉にしてみれば、まったく関係のない親子喧嘩に巻き込まれて、他人の部屋で待たされていたのだ。

「すみません」

先に謝ったのは親父だった。

「車で来てますので、途中までお送りしましょう」

帰る気だ。

「ちょっと親父。まだ学費の話、終わってないんだけど」

今度は私が、親父の腕をつかむ番だった。通り過ぎようとする親父の顔を、睨み上げる。

「払う気がないならないで、こっちも退学届を出したりとか、バイトのシフト調整とか必要だから、はっきりして」

松葉も、宮野さんも私たちを見ていた。

人前でお金の話をしているのに、不思議と恥ずかしいという気持ちは起きなかった。

親父の答えが何であっても、怖くなんてなかった。

「――もう一度、よく考えなさい」

ようやく出てきたのは、その掠れた一言だった。松葉が慌ててこちらに一礼し、後を追いかける。親父は階段を降り始めていた。

考えたいのは親父の方じゃないか。そう思ったからこそ、私は黙っていた。

階段を降りきった親父が、一度だけこちらを見上げ、投げるように私に言った。

「頑固娘」

松葉に鍵をもらいそびれたと気付いたのは、親父の車の音が遠ざかってからだった。


こういうとき決まって仲介役になるのは和志なのだ。

携帯の着信画面を見て哀れになる。損な役割。

無神経さを盾にして、和志はふざけた声を出していた。

「なに?」

「うっわ、また機嫌悪ぃなぁ」

「すみません、機嫌悪くて」

「いや、うん、まあ、悪くもなるよな」

本当は機嫌なんて悪くなかったけど、否定はしないでおいた。

二回目のお給料を前にして、昨日ついにカーテンを買ったのだ。駅前の古い雑貨屋で遮光でもなんでもない安っぽいカーテンが、丈が長くて売れ残ったらしく、驚くべき破格、二枚で千円で売られていた。色はモスグリーン。レースのカーテンも二枚で千五百円に。

学校を辞めることになったとしても、引っ越し資金もないからこの部屋での生活は続いていくのだろう。

こんな境遇でまだくじけもせず、部屋のカーテンの心配ができる自分に、救われた。うちの窓より丈は長いけど、悪くない。そのうち手縫いで丈を詰めよう。

和志から電話があったときは、さっそくカーテンを掛けている真っ最中で、なかなかの上機嫌だった。スピーカーフォンに切り替えて作業を続ける。

「一昨日のことだけどさ」

和志が切り出したとき、まだ二日しか経っていない自分の生活密度に素直に驚いた。へえ、まだ二日か。

「仁美も反省してると思うぞ?」

「それ、和志の意見? それとも仁美がそう伝えてくれって頼んだの?」

返答によっては手を止めようと思ったけど、

「ああ、まあその辺は……後者だけど」

必要はないようだ。

「っていうことは、この前のあれは仁美だけがやったことなんだ?」

再び背伸びをしてカーテンレールに手を伸ばす。

「まあ、そういうことになるな。あ、やっぱりお前、この前俺をすげえ目で見てたのってそれ? 俺にも怒ってたの?」

「うん。みんな共犯かと思った」

みんなで示し合わせて、私が終わらせた恋愛にからかい半分に「協力」している、そんな被害妄想じみたことが私の頭の中にはずっとあった。

「共犯って」

「なんか親父のことで最近疑り深いんだよね、私」

「ああ、そういうことか」

そこで間が空き、私は最後のフックまでカーテンレールにかけ終えることができた。部屋の入口まで下がり、腕を組む。

今までは百円のシャワーカーテンで、月明かりさえ透けて見えていた部屋に、カーテンが。たった一枚の布なのにつける前と比べて暖かいし、外からも見えない。しかも部屋がちゃんと人の住まいに見える。

こんなに素敵な布ってそうそうない。今まではその値段の高さに腹を立てていたぐらいだけど、うむ、これならうなずいても良い。

「よし、やっとこれで部屋らしくなった」

「もしもし？　声、遠いんだけど」

「あ、ごめん」

窓際の携帯電話を拾い、耳に当てる。

隅に畳んである布団の上に座った。

「ええと、なんだっけ」

「仁美の話」

「そうだった。で、和志は仁美から他に何を言うように頼まれてるの？　とりあえず全部聞くよ」

「身も蓋もない言い方だな……。あのな、これは別に頼まれたから言うんじゃないけど」

和志が口調を改める。

「なに」

「正直言って、俺ら、あの笹山のことは知ってたんだよ。一咲と付き合ってたらしいってのも。でもお前は何も言わないし、新しい彼氏作る気配もないから、てっきり俺たちはまだ続いているのかと勝手に思ってたわけ。で、これ言うと一咲怒るかもしれないけど、最近お前、急に家出てバイト始めたりして、仁美も心配してたから、番組のこと知って、驚かせようと思ってああなったの。別にからかうとかじゃなくて、どっちかというとサプライズみたいなつもりだったんだって」

聞きながら、そもそもなんで自分が苛立《いらだ》ったのかを考えていた。

テレビがないから哀れんで、「見せてあげる」と言われた気がしたのだ。自分の中では終わったつもりの恋愛にも「協力してあげる」と余計な世話を焼かれた気になった。

なるほど。

確かに私は仁美とそういう話になったときも、慎の話をしたことがない。共通の友人は私と慎が最終的にどうなったかなんて知らないから、きっとその辺りは高校の頃の「付き合っている」という情報だけが伝わってたんだろう。

ガールズトークに参加しなかった代償の、なんと面倒くさいこと。

「……それは失礼」

最初から善意なのはわかっていた。ただ、仁美は何も知らないのに、置手紙の主が慎でないことをわざわざ人前で教えられたような気分になって、その善意は私の中で余計なことに変わってしまったのだ。

「仁美に、このあと報告するんでしょ。もう気にしてないって伝えておいて」

「そうか。それは良かった」

和志があからさまに安心した声を出す。

「あ、でもお前明日学校行くだろ？　そんとき話せばいいんじゃん」

明日から一週間、各授業でどんな内容を取り扱うのか、説明会のような期間が設けられている。学生は気になる授業に参加してから、時間割を組み、受講登録を行うのだ。

「あ。明日は行かないと思う」

「なんで？　明日三限に古文書学あるのに出ないの？」

「うん。っていうか、学校辞めるかも」

「はぁ？」

和志が電話の向こうで思いっきり顔をしかめているのが見えるようで、面白く思いながら、私は学費が支払われていないことを説明した。

もう言ってもいいだろう。一人暮らしのために学校を辞めるのも、恥ずかしいことじゃない。

「でも私は帰る気はないから、たぶんこのままだと辞めることになる」

「そんな、お前潔すぎだろ……」

落胆している和志の声が褒め言葉に聞こえた。

「ありがと」

「いや、褒めてないから」

「まあ、まだわからないし。果報は寝て待て、ってことで」

「古いこと言うなぁ」

電話を切ったあと、もう一度床に寝転がって、カーテンを眺めた。すぐ側に布団があるというのに私はそのまま、硬い床の上で久しぶりの熟睡を味わった。


階段を上がり始めるとタバコの匂いがして、もしや、と見上げたら合っていた。

「なんだ松葉サンか」

二階の共同廊下の手すりに寄りかかって、松葉はあのタバコをふかしている。この前と同じ夕勤後、午後十時前。足元に鞄と、片手に下げられた紙袋。

廊下に付けられている蛍光灯は既に切れかけで、オレンジ色のまま点滅していた。

こいつはこうやって、いつも元恋人を待っていたのだろうか。

「お帰りなさい。遅く来て正解だったみたいですね」

松葉はタバコの火を消して、筒型の携帯灰皿に押し込んだ。

「じゃあ、やっぱり今まではもっと早く来てたんですか？」

「はい。仕事が早く片付いた日に。だいたい八時半とか」

「どうりで会わなかったわけだ……。あ、もうないと思うんですけど、ここで待つの、目立つからやめてください」

「ああ、すみません。いつもは下で待ってたんですが」

「うん、知ってます。一回自販のとこで立ってるのを見かけたから。で、なんの用ですか？」

部屋に入れるわけにも行かず、しょうがないから私も手すりに寄りかかった。茶色く塗られた塗料が、ドアと同様、ぱりぱりになって剝がれてきている。

不思議と警戒する気持ちはなかった。この前部屋に入られたときもだ。手紙を読んだせいもあるかもしれないけど、松葉は背筋が伸びていて、まっすぐ前方斜め上を見ているイメージがある。堂々としている、というほど偉そうではなく、もっと自然にそうしている雰囲気が、まっとうな人間だと感じさせるのだ。やっていることは、不審者と変わりはないのに。

並んで、松葉みたいに視線を先へ移動させた。離れたところにある街灯に、小さい虫がいくつか集まって飛んでいるのが見えた。もうそんな季節。

「これを返しに来ました」

松葉はポケットから例のキーホルダーを取り出すと、一つだけ鍵を外した。

「交換するにしても、お返しした方がいいと思って」

前に松葉が来てから、三日経っている。親父の手前、宮野さんちに泊まることにしたけど、実際は自分の部屋で生活し続けている。多少危険かな、と思ったけれど、親父が帰った後、宮野さんに改めて松葉のことを話すと、宮野さんの言っていた『ポストのとこでときどきタバコふかしてるサラリーマンっぽい人』は松葉のことではないと判明したのだ。不動産会社には連絡済みで、週末に鍵を交換してくれることになっているし、そんなに頻繁に来ないなら、警戒する必要もないだろうと判断した。

「あ、わざわざすみません。でも、いいんですか？」

私は差し出された鍵を見た。

「鍵返すの、口実だったんじゃないの？　その、元恋人と話すための」

すると松葉は生真面目な表情を崩して笑った。

「やっぱり読まれてたか」

敬語をわざと崩しておどけているような言い方だった。

「すみません、読みました。あの親父が、くだらない手紙を置いていってたから、それに紛れて。宛名もなかったし」

「……それは失礼いたしました。ちなみに、三通全部？」

「うん、そう。手書きで、親父のじゃない字のは三通」

「ああ……」

松葉は浅いため息をついて遠くを見た。ただの置手紙とはいえ、全部が他人の手に回ってしまったそのことに、私も少なからず関わっていることが申し訳なく思えた。

「返しましょうか？　まだ捨ててないですけど」

「いや、いい」

松葉は紙袋を持ち直して、中身を取り出した。紺色の紙で包装された菓子折りだった。その上に裸の鍵が添えられる。

「これ、お詫びの品です。受け取ってください。勝手に入ってしまって、申し訳ない」

私は手を出さなかった。

「彼女には、連絡する方法ないんですか？」

立ち入ったことだとは思いながら、聞かずにはいられなかった。だって私はあの手紙を読んでしまったのだ。

普通なら別れた相手に借りたものは送りつけて済ますし、『後悔してるんだ』なんて言葉は残さない。

「ここに来るしか、連絡する手段がなかったんでしょう？」

すると松葉はすっきりした顔で笑って、肩を竦めて見せた。

「その通り。でももうまったく連絡する術がない」

「何笑ってんの」

とがった声が出て、松葉が表情を強張らせた。

言葉が過ぎた、と自分でも瞬時にわかった。わざわざ詫びに来た他人に対する態度じゃない。だけど、松葉みたいに整然と話すのはなんだか違う気がしたのだ。まっすぐ前を見て、諦めた顔なんて。

「なんか変。……あの手紙とギャップがあるっていうか。今まで、何回もうちに来てたんですよね？　それなのに鍵をポストに入れて帰らなかったってことは結局、まだ心残りありすぎなくせに、なんでそんな諦めたふりしてんの？」

友人たちが、人の恋愛に口出しする理由が、わかった気がした。

もどかしい。今ならまだ間に合うかもしれないし、行動を起こせば何か変わるかもしれない。なのに張本人は見るからに力をなくしていて、時間で全部流して終わらせようとしている。

「ふりではないよ」

松葉は包みを紙袋へ戻して、一度しまったタバコの箱をまた取り出した。一本、指に挟んで、火を点けずに指先だけでくるくる回す。

「もうわかってると思うけど、俺の方が彼女——なつみに振られたんだ。理由は好きな人ができたから、らしくて、一度は引き下がったけど付き合いも長かったたし、なんの心当たりもなかったから、どうしても納得できなくて、何か他の理由があるんじゃないかって馬鹿な期待をし始めてしまった。それで連絡を取ろうと思ったのが一月くらいかな。そのときにはもう、なつみの携帯もメアドも変わってたし、俺は知らなかったけど住所も変わってたんじゃないかと思う。そこまでされれば、もう、諦めるしか」

手すりの向こう側で回されるタバコが落ちてしまわないかと、私は見ていた。

松葉は続けた。

「逆に教えてほしいな。女性が男を振って、何も言わずに引っ越した。好きな人ができたと言っていたから、その人と一緒にいるのかもしれない。そこに、振られた奴が入り込む余地なんてない。でしょう?」

松葉の疑問は予想通りで、私は聞きながら用意していた答えを叩きつけた。

「嘘をついているのかもしれない」

松葉の手が止まる。

期待を持たせるだけだ。余計なことをしているのかもしれない。

でも私は知っていた。

「たぶん男が思っているよりもかなり簡単に、女は嘘をつくよ。しかも自然に」

本能的に、と言ってもいい。

何かを守ろうとしたとき、かもしれないし、ちょっとしたどうでもいいような事実を少し別の角度から映されたいとき、かもしれない。女には嘘をつくという選択肢が常に用意されている。

「それは、ずいぶんと怖いな」

松葉がまた軽く笑って見せる。

わかってない。男が物事を論理的に考えられるというのは本当だろうか。こんなの、ちょっと考えればわかりそうなものなのに。

「違う。一般的な話をして脅したいんじゃない。『どうしても納得できなかった』って、その原因が、なつみさんに嘘があったからなんじゃないの、って言ってんの」

完璧な嘘というのは少ない。嘘で塗り固めた嘘もすぐにぼろが出る。男である松葉が何か勘付いたとしても、あり得ない話じゃない。

「思い当たる節、あるんじゃないの？」

しばらくの間、松葉は記憶をたぐり寄せているようだった。その慎重さが松葉の表情、指先、一切の動きを止めている。

「いや――」

否、ではない言い方だった。

「――でもなんで、嘘をつく必要が」

「そんなのたくさんあるでしょ。……少なくとも私は、ついたことあるよ」


いわゆる別れ話をしたわけではなかった。

慎とこれからどうするの。慎が福岡に行くと知った友達は、折に触れて聞いてきた。「どうもしないよ」、そう答えると決まって返ってくるのは「一咲はそれでいいの？」。

私はそのたびに――そうだ。私も、そのたびに笑って見せたのだ。

「だってどうにもならないでしょ」。完璧な笑顔のつもりでいたけれど、きっととても醜かったのだろう。友達の目は、哀れな者を見るようだった。

慎とは三年のときもクラスが違っていた。高三の夏休み中に福岡に行くことを決心した慎は、まわりが受験に専念する以上の必死さで、二学期以降も椅子作りに励んでいた。お互い、頻繁にメールや電話をし合う性格でもなかったし、休日に出かけることもなくなったので、そのうち廊下で顔を合わせれば話す程度の間柄になっていった。

私の方には、わざわざ都内に志望校を絞った、という負い目もある。

まだ授業があったから確か十月頃、廊下で会ったときに私は自分の進路を話した。

「じゃあ、一咲は残るんだな」

「うん。落ちないとは思うけど、第一志望じゃなくてもこっちの大学に通うことになる」

「そっか。頑張れよ」

そこで怒れば良かったんだ、とか、泣けば良かったんだ、と考え付いたのはずっと後になってからだ。

あの頃、私は慎と話すたびに、自分の頭の鈍さに苛ついていた。その苛立ちが勉強の邪魔になるとわかっていたので、なるべく顔を合わせないようにしていた。なのに慎は今までと変わりなく話しかけてくる。卒業後はどうなるか、なんの保証もないのに、はっきりとした別れ話も出ない。付き合っているのかいないのかわからず、それを確かめることもできない状態だった。

卒業式の日には受験は終わっていて、第一志望校の結果を待つだけだった。自信はあった。その余裕の中で、初めて後回しにしていたことを考えた。

慎は卒業式の二日後に、福岡に行くことになっていた。私は受かる。もう、離れるのは確実だ。連絡を取り合わない性格の、会う時間さえ作れない二人が行く末は決まり切っていた。なので、わざわざ話し合うほどのことでもない、そう思っていた。

私には慎が、私に決断を委ねているように見えた。

決して優柔不断な性格ではない。慎はあまりにも明確すぎるのだ。例えば、大人数でどこに遊びに行くかを話しているとき、慎が提案のつもりでも何か口にすると、それまでばらばらだった意見がたいてい慎に同意する形で決まってしまうような影響力が慎にはあった。直接本人が言ったわけじゃないけれど、たぶん、それを恐れていたり持て余していたりもしていた。

その影響力を抜きにしても、地元を離れると先に決めたのは慎だ。決断する資格はないと考えていてもおかしくない。私が志望校を絞ることで感じた以上に、慎も負い目を感じていた。

ずるいと言えばずるい。だってゲーム続行には私が「続けたい」と、子供の駄々のように宣言しなければいけないのだ。そのときに至ってもなお、試されているような気さえした。

結果、続行はなかった。

卒業式が終わって、体育館から各教室へ移動する途中、仲の良い友達が即座に寄ってきた。

「ねえ、ほんとにいいの？　遠距離なんてしてる人、いっぱいいるよ？」

いい加減聞き飽きていた。

もう二度とその話題に触れられないような答えを探しているとき、制服の群衆に隠れて、少し前を慎が歩いているのが見えた。そしてこちらに意識を傾けて話を聞こうとしているのも。

まわりは騒がしかった。カメラで記念撮影をする子、涙を拭きながら歩く子とそれを慰める子、この後の卒業パーティーについて盛り上がる子。

でも私の声はよく通ったはずだ。

「だってもう、別れたし」

慎の隣にいた、奴の友達の背中までもがぴくっと動いたので、私は聞こえていることを確信した。

「え、嘘！　いつ!?」

「いつっていうか、自然消滅」

慎がこっちを振り向いたのを見ないようにしながら、私は驚く友達に向かってにっこりと笑いかけた。

嘘でも笑ったら終わりだ、と気付いたのは、いつの間にか慎の後ろ姿が見えなくなってからだった。

その一度の笑顔で、いろいろな可能性が全部、流れたのを感じた。

つい一年前のことなのに、いざ他人に説明してみると、その青さとその色をまだ引きずっていることを恥じたくなってきた。

「それで、結局、その彼とは——」

しかし松葉は高校生の恋愛ごっこを馬鹿にするでもなく、遠慮がちに口を開く。

「どうにもなってないよ。私の狙った通り。どうしようもなかったから、嘘をついて、どうにもしなかった」

用意された選択肢の中に自分が本当に望むものがないとわかっているのにそれでも答えを求められたとき、本当の希望なんて最初からなかったふりをして全部嘘で塗りつぶして、修復不可能なまでに壊してしまう人がいる。

私はそれが極端なのかもしれない。

一人暮らしを始めた理由を、まわりは「社会勉強のため」「通学のため」「親から自由になるため」、そういった月並みな選択肢しか私に与えなかった。だから私はその範囲内で答えようとしたのだ。和志にも。親父にも。

慎みたいに自活できていない自分が嫌だったと、本当の理由をぶちまけたところで評価が待っているだけだ。方向性が間違っているだの、素晴らしい、だの。私が自分で決めたことを、そんなしたり顔の評価の対象になんかさせてたまるか。

ただでさえ、本人だって今にも決心がぶれそうでいて、必死に答えを守ろうとしてるというのに。

「もし、なつみさんもそういう人だったら？」

「それは、もう——確かめる方法がない」

「職場とかは？　連絡してみれば？」

「もうした。取引先のふりをしたけど退職済みだと言われた」

「退職の理由は？」

「そこまでは他人に教えてくれない」

「じゃあ、共通の知人とか」

「聞いたけど誰も知らないって。……ほら、お手上げでしょう」

松葉はまた、似合わない軽い笑い方をした。

お手上げにしたがっているだけだ。

だって終わりにした方が楽だし、仕事なんかにも支障が出ないに決まってる。

きっと私もそのうち、そういう生き方が当たり前になっていくんだろう。何か一つを諦めて、他をうまく回す。回すだけなら感情はいらない。

その諦める何かは、恋愛、なのかもしれないし、学校、なのかもしれない。何にせよ、そんなのなんでもないという風を装っていたら、だんだん平気になってくるのを知っているから、最初は無理矢理でも笑って見せるのだ。

既にやったことがある。

それなのに止める術は知らない。

「とりあえずこれ、置いていきます。鍵も」

松葉は紙袋ごと私に押し付けた。

「あと余計なお世話かもしれないけど、お父さんも心配されてたし、女性の一人暮らしなので身の回りには注意してください」

「……ほんとに余計なお世話だ」

人の心配をしている場合だろうか。

それともあの手紙は一時的に高揚していただけで、なつみさんが引っ越したと聞いて松葉は松葉なりに気持ちの整理をつけた、ということだろうか。

「それから——」

松葉は私の無礼な物言いを気にする様子もなく続けた。

「この前お父さんともめていた学費の件、もう振り込まれてるんじゃないかな。明日にでも確認してみてください」

預言者のような、やけに自信のある言い方だった。

「……なんで松葉が」

「じゃあ」

松葉は意味ありげな笑みを残して、慣れた足取りで階段を降りていった。


次の日朝勤を終えて学校に行くと、私はまっすぐに学生課に向かった。

「あ、高藤さん？　確かに振り込んでもらってますね」

この前とは別の、日焼けして脂ぎったおっさんが、やはりこの前のおっさん以上に不遜な態度で言った。

で、なんか他に用あるの？　眼鏡を下にずらして、ぎょろりとでかい目で上目遣いにこっちを見て、そう言っている。

「ええと、いつ頃かとか、わかりますか？」

「さあ？　親御さんに聞けばいいんじゃないの」

私が両親ともに亡くしていたら、とか、そういう可能性は考えないのだろうか。無神経な社会人は本当にどこにでもいる。

「わかりました。……ありがとうございます」

私はどうにか謙虚さを絞り出し、お礼を言って事務棟を出た。

納得してくれたのだろうか。そういえばここ数日、と言っても親父がアパートに来てから三日間だけだけど、変な手紙は入っていないし、非通知もかかってこない。

どうやら諦めてくれたらしい。

これで堂々と授業に出られる、と、私はさっそく二限から参加した。火曜二限のコマには、二年生以上から受講が許されている『どうして今新撰組なのか』を書いた先生の講義があるのだ。

新学期の常で、最初の一ヶ月ほどはキャンパスに人があふれている。授業も夏前には受講人数の三分の二以下しか出席しなくなるけれど、人気のある授業の初回は早々に席が埋まってしまう。

先生の授業は大教室を押さえているので油断していたら、五分前にして既に八割方が埋まっていた。

いい席はとっくに取られていて、仕方なく後ろの方の、八人がつける長テーブルの真ん中にぽつんと空いた席に座ろうと、「すみません」と映画館のように手前の人に声をかけて通してもらおうとしたら、「一咲」、前から声が飛んできた。

仁美が教室中央から、手招きしている。隣の席には仁美のバッグ。確保してくれているらしい。

一瞬、迷った。

見えないふりをして、行くのをやめようか。

でも私の視力は両目とも一・五だ。仁美もそれを知っている。

それになにより、シカトなんて格好悪すぎる。

「あ、やっぱり、いいです。すみません」

立ってもらった人に謝って、私は大教室のすり鉢状になっている階段を降りて行った。

「おはよ」

仁美がバッグを持ち上げてくれたので、私はそこにどかっと座った。

「おはよう。……ねえ、まだ怒ってる？」

「怒ってないよ。和志から聞いた。なんだか、情報の行き違いがあったようで」

「うん。……ごめんね」

「いいよ。私も、ちょっといろいろあって、短気すぎた」

「あ、そういえば和志が、一咲が大学辞めるかもって言ってたんだけど……。嘘だよね？」

「うん、話すと長くなるけど、なんとか」

そこまで話したところで、先生が入ってきた。

私が高校のときから足掛け三年、会いたかった先生だ。今まで校内で見かけることもあったけど、これからは受講生としてお話しできることもあるかもしれない。

壇上に立った先生は背が高く、また、著書から想像していたよりもずっと若く、四十前後に見えた。

「一咲、絶対この授業取ると思ってた」

仁美が小さく笑った。

「当たり前。そのためにこの大学受けたんだから」

なんで福岡に行かないの？　史学の勉強ならどこでもできるでしょ？

意地もあったかもしれない。変な見栄も、たぶんあった。でもやっぱり人には左右されずに、自分が行きたい大学で、自分がしたい通りの生活を送らないと、意味がない気がする。私がそういう生き方を選んだのは、意地を抜きにして、慎が福岡に行くと決めたからだ。追いかけたり、頼ったりするんじゃなく、奴と対等といえるぐらいの人間になりたかった。そうなれれば恋愛なんて抜きでもいいと思ったのだ。

「仁美、話すと長くなるから、今度ゆっくり話そう。バイトのない日に、うちででも」

先生がマイクを助手から受け取るのが見えて、私は姿勢をまっすぐ前に戻した。

「うん。わかった。絶対行く」

「また松葉か」

翌日昼勤を終えて店を出ると、駐車場にあるコンビニの看板灯の下で、松葉がタバコをふかしていた。夕闇にまぎれそうなスーツ。タバコの煙と匂いがなければ気付かなかったかもしれない。

「お疲れ様です」

つい呼び捨てにした私の態度を、気にも留めない様子で松葉は軽く会釈した。

「何しに来たの？」

松葉は携帯灰皿を取り出して、吸殻を中に押し入れた。

キーホルダーと同じような、濃い茶の革が貼られた、円筒形の灰皿だった。

「何か用ですか」

「待っていたんです。実は、あなたに惚れてしまって」

微笑まれて、大人の余裕を見た気がした。

「嘘つけ。このストーカー野郎」

私が前を通り過ぎると、後ろから付いてくる。

待ち伏せといい、なんだか人に慣れた動物のようだ。

「嘘でした。すんません」

「あっさり認めるのも、なんか腹立つなぁ……。てか付いてこないでよ」

誰かに見られたら、と心配して振り返る。店の中の店員はこっちを見ておらず、駐車場には常連客が車を停めて新聞を読んでいるだけだった。

失恋したくせに、と私は思ってる。彼女に逃げられたくせに、飄々としやがって。

「で、結局なんの用？　何か進展でもあった？」

私がわざわざ振り返って聞いてやると、

「あ、いや。実は、高藤さんのお隣さんが気になって……」

松葉は語尾を小さくして言った。照れたように目を伏せている。

「はい？　宮野さん？」

そういえば、と思い出す。松葉はアパートの前で何度も夕方から夜にかけて張っていたのだ。時間帯からして出勤前の宮野さんに遭遇してもおかしくない。それに、宮野さんは目鼻立ちのはっきりした美人だ。

いや、でも、それにしたって唐突すぎる。

人は見かけによらない。手紙の印象が強いから、もっと一途なタイプだと思っていた。

「ちょっと切り替え早すぎない？」

「そんなことないですよ。新しい恋で立ち直るっていうのもありでしょう」

一途は流行らないと、松葉に言い聞かされているような気がして、私は少し居心地が悪くなった。

「だとしても、なんでそんなに急に。一目惚れ？」

「一目惚れ、というか、最初に会ったときは、高藤さんの家に上がり込んでしまったときで、美人だなぁ、ぐらいにしか思ってなかったんですけど……。前回お詫びに行ったときにも、高藤さんを待ってる間にお見かけして。宮野さんがちょうど部屋から出てお仕事に行かれるタイミングだったんですけど、こっちに気付いて、にっこり笑いかけてくれたんですよ。その仕草が、なんていうか、いいなぁ、って……」

松葉は口元を緩ませて空中を見つめた。

「だからこの前、あんなに諦めが良かったの？」

「というわけでもないんですけどね。家に帰ってからいろいろ考えてると、何故か宮野さんの顔が浮かんでしまって」

別に私が心変わりされたわけじゃないのに、冷ややかな声が出た。

「へえ。で、今日は何しに来たの？」

松葉は答えず、

「とりあえず、今日は暗いですし、アパートまで送りますよ」

仕事で使うであろうスマイルを浮かべるので、

「仲人ならしないよ」

私もコンビニ的時給九百円スマイルで返してやった。

「けち」

「何それ、うちの親父のモノマネ？　だったらすっごく似てるけど笑えない」

「へえ、お父さんは普段そんなこと言われるんですか」

「言う言う。この前は松葉の前だったから一応親父っぽくしてたけど、普段はもっと輪をかけて子供っぽい」

いつの間にか私は、松葉と並んで歩いていた。

「あ、そういえば高藤さんが」

「どっち？　私？　親父？」

「失礼。お父さんが、携帯電話を娘にもらった、ってすごく嬉しそうだった。この前送っていただいた車の中で、話してくれましたよ」

いくら疑いが晴れたからって、それまで敵のように見ていた、出会ったばかりの赤の他人に何をべらべらとしゃべっているんだ、あの親父は。

「……そう」

「意外と親孝行なんですね」

「……まあね」

「とか言うと思った？」

曲がり角に差し掛かったとき、古臭い街灯の光に照らされて、松葉が片方の口の端だけを持ち上げた。

「携帯、裏があるでしょう？」

「……学費を払ってもらうための、ゴマスリです」

「嘘ですね。携帯を送ったのは学校が始まる前なんだから、その時点では何も知らなかったはずだ」

「へえ、親父はずいぶんと細かく話したみたいですね」

私は驚いたふりをしてとぼけておいた。

こいつは鹿とかトナカイに似てないか。細い顔に何を考えているかわからない目。頭がいいんだか、悪いんだか。

読めない奴は苦手だ。苦手だけど、読みたくなる。

「ちなみに高藤さんの携帯、ちょっと見せてもらったら、見知らぬアイコンが画面の上に表示されてましたよ。あのアイコン、なんですかって高藤さんに聞いてみましょうか」

「……何が望み？　宮野さんにも同じの仕掛けろとか言われても無理だけど」

「いや、そういうのは自分でどうにかするし」

「どうにかするな」

「大丈夫、迷惑はかけない。ただ、俺が不審がられたときに知り合いって証明してくれればいいから」

不審がられるようなことをするつもりか。

「嫌、って言ったら？」

「それはもちろん、よくおわかりでしょう？　あ、ちなみに携帯に裏があることは、まだ、言ってないので」

にっこりと微笑む。

大人って汚い。


学費が振り込まれたことで休戦になったと思っていた親父の地味な攻撃が再開された。

方法は相変わらず遠隔攻撃だ。

非通知で定期的に電話をかけてきたかと思えばワンコールで切ったり、今更ながら『カーテンつけたんだね。中が見えなくなって寂しいよ。』だの書いて寄越したりする。わざわざ裏の畑に回って見たのだろうか。というか前から部屋の中を覗いていたのだろうか。

GPSで親父の行動を確認すると、確かにちょくちょくうちの方に来ている履歴がある。バイトに行く途中や仕事中なんかも、視線を感じることがある。

私はそれをしっかりと記録して、ある程度たまったら母に送りつけるときの証拠にしようと準備している。

一昨日も玄関先に、ピアノの発表会でもらうような大きな花束が置かれていて『昇給おめでとう』と書かれたカードが添えられていた。そう、確かに私は長かった研修期間を経て、三十円だけだけど時給がアップしていたのだ。

仁美たちにも松葉にも、そんなこと話していない。どこから情報手に入れてるんだか。

一応盗聴の可能性も考えたけど、今まで投函された置手紙は全部、紙一枚で、盗聴器の類が入り込む余裕はないし、バイト中に身につけているもので親父に買ってもらったものもない。

まさか店長がスパイでは、と少しだけ疑ったけど、きりがないのでやめておいた。

もちろん私も避けているだけじゃなく、しっかりと反撃をしている。

目には目を。花束には花束を、ということで、出費は痛かったけれど、少々小ぶりな花束を親父の会社に送りつけておいた。

花は同級生がバイトしてる花屋で、私が真剣に選んだ。咲き誇るガーベラに、子供っぽくならないようグリーンを混ぜて。それから親父の大嫌いなパクチーもスーパーで購入して混ぜた。

カードは仁美に代筆してもらった。私より女の子っぽい字が書けるからだ。

『昨夜は楽しかったです。またお店に来てくださいね。　ヒトミ』

花にまぎれてしまわないよう、淡いピンクのカード。


ストーキングはやっぱり流行ってるらしい。バイト先へ着くとそう思わせるような出来事が立て続けに起きた。

まず、夕勤シフトで一緒になっている石森さんが、左手首に包帯を巻いて出勤してきた。

「どうしたの、いしもっちゃん」

昼勤から入っていた店長が、すぐに気付いてレジから声を掛ける。

私は入口から一番遠い、ドリンクケースの温度を確認しているところだった。振り向くと、目の下に隈ができた顔で、石森さんが力なく笑っていた。

「いやぁ、聞いてくださいよ店長……」

「なに？　どうしたの？　あ、制服着替えてからね」

店長に追い立てられるようにして着替えてきた石森さんが話し始めたのは、だいたいこんな内容だった。

今朝方、夜勤を終えた石森さんはいつも通り六時過ぎに歩いて帰った。自宅までは徒歩十分ほど。坂道の多い住宅街を抜けていくので、バイトには自転車やバイクでは来ない。

いつもの道を通って家と家に挟まれた、狭くて急な、しかも途中で何度も曲がる階段を降りていると、携帯が鳴った。いつもの彼女からのおはようメール、らしい。ポケットから出し、歩調を緩めてメールを読もうとしたとき、「後ろからいきなり」「マジ殺そうってぐらいすげー強く」背中を押されたそうな。ちょうど三、四段下が曲がり角に当たる踊り場だったため、足をもつれさせて数段転げ落ちただけで済んだが、とっさに携帯を持っていない方の左手をついて手首をひねってしまった、とのこと。

　右手から落ちた携帯が階段で弾み終わった後に止まると、やっと自分がなぜ落ちたかわかって振り向いたけど、遠くの方で走って行く足音が聞こえただけで押した犯人の顔は見えなかった。

「見えなかったって影も形も？」

「ほら、あそこ、店長知ってるでしょう？　タイヤが積まれた空き地の正面の階段んとこ、九十度のカーブだらけじゃないですか」

「ああ、あそこの階段ね。わかった。あの、小学校の方に近道できるとこ」

　店長が小刻みに首を振った。

「そうっす。うち帰るのあそこが一番近いんで」

「ああ、あれじゃ見えないわー」

「んでも、一応追いかけて、後ろ姿は見えたんすよ」

「どんなんだった？」

「……なんつーか、普通の。紺のスウェットで。男でした」

「警察には連絡したんですか？」

　私が聞くと、

「うん、一応。でも特徴もないから難しいって」

「他には何も言ってなかったの？」

「彼女に馴れ馴れしくするな、って言われた」

「なに？　警察から？」

「あ、違う違う。その犯人が、俺が地面に倒れているスキにそう言ったんですよ」

それから石森さんは最近できたという彼女のことをたっぷり十分、話し続けてた。「同じ専門学校で」「狙ってる奴まわりにいっぱいいて」「でもなんだかんだ言って俺に優しくて」「けっこう可愛くて」――要するにその彼女と付き合っている故、妬《ねた》みを買ったということらしい。

「でもまわりの奴らの声ならその場でわかるだろうから、知り合いって感じでもないんですけどね。俺の彼女、マジでもてるし」

のろけたおかげか、石森さんの顔に少しずつ血色が戻ってきた。

「なんか気の毒な話だけど、あんまり気の毒な感じがしないなぁ。俺、発注してくるわ。まあ、彼女に害がいかないように気をつけな」

「あ、店長、待ってくださいよー」

店長は振り向きもせず、大きく伸びをして店裏に入って行った。

カウンターに私と石森さんが残される。

「参考までに聞きたいんですけど」

「ん？」

「警察って何かしてくれるって言ってました？」

「ああ、なんか一応見回りはするみたいなこと言ってたけど、何もしないでしょ。証拠もないし、動かねーって」

「……ですよね」

近い将来のために、と思って聞いたけど、やっぱりそうだ。親父を逮捕させるのはどうやら無理らしい。

「なんでみんなストーカー行為に走るかなぁ……」

私が呟くと、石森さんは言った。

「ああいう奴らは、それが正しいと思って回りが見えてないからでしょ」

ごもっとも。

店長が帰り、掃除も補充も済ませていつもの暇時間が来ると、待っていたかのように店の電話が鳴った。

「出ないんですか？」

近いのは石森さんの方だ。

「ん、三コール待ってからって最近言われてんの」

電話は鳴り続けた。一回、二回、三回。きっちり数えてから出てくれた石森さんは、やがてすぐに受話器を置いてしまった。

「あ、切れちゃいました？」

「ていうか無言」

最近多いんだよねぇ、とレジ下から石森さんが日誌を取り出す。

今どき信じられないようなシステムだけど、うちの店には当番日誌のような役割の厚いノートが存在する。何時に掃除をした、とか、何時に冷蔵庫のチェックをして何度だったか、などを書き入れるもので、全国全店共通らしいけど、実際使っている店舗はごく少数だそうだ。

店長も厳しくチェックをしているわけではないので、今や当番日誌というよりペンションの宿帳のような位置付けで、バイトが暇なときに落書きをするもの、と認識されている。

一応、書き込みには店長からコメントが返ってくるので、小学生の連絡帳レベルかもしれない。

「ほらほら」

石森さんは先週のページを開いた。妙にまるっとした字で、【今日のムゴン　10：30／14：10頃（昼勤）】と書き入れてある。山村さんだ。ページをめくっていくと、ほぼ毎日の夕方か夜、多い日は昼間も無言電話があるようだ。夜勤の学生が【逆探知とかって無理なんすかね？】と書きなぐり、店長が赤ペンで【名探偵は時給が高くて雇えません】と斜めに走り書きしている。

そういえば私も山村さんからちらっと聞いたことがあったけれど、自分のシフトのときは当たったことがなかったのですっかり忘れてた。

「先々週ぐらいからあるみたいだよ」

「発信番号は」

「もちろん非通知」

私の回り、そんな話ばっかりだ。

まさか親父が。一瞬考えたけれど、店に電話をかけてくるメリットはない。

「まあ、店長が言ってたけどよくあることらしいし。下手なクレームよりはましでしょ」

「……そうですね」

たかが無言電話、下手な親父のストーキングよりよっぽどマシだな、と私はため息をついた。

夜九時半過ぎ、いつも通りコンビニの明るさに背中を押されるように店を出る。

学校が始まって、平日の昼間に働けなくなったのと、夕勤に入ってた学生が辞めたのとで、夕イミングよく私は夕勤シフトに収まった。週の半分ぐらいは夜勤スタッフに交代して帰って、翌朝六時に同じスタッフとまたバトンタッチで朝勤に入る、という日もある。

基本的にバイトのシフトは曜日制なので、週に何時間働けるかが固まったことで、生活が安定してきた。相変わらず節約の日々ではあるけれど、次の収入の目処《めど》が立っているというのは、気持ちのゆとりが全く違う。先が見えないと、どんなにお買い得品でもしょうゆの買い置きさえできないのだ。

店の駐車場の入口で、これもいつも通り、私は振り返る。敷地にゴミが落ちていないか、ゴミ箱があふれていないか。それだけチェックして帰るようにしている。

そして道に出ると、いつも通りに松葉が立っている。街灯の下、人工的な明かり。

「お疲れ様。今日はちょっと風が出てきましたね」

今日の松葉はコートを着ていない。紳士服量販店のチラシのモデルみたいに、ポケットに片手を突っ込んで、もう片方では鞄を提げている。

最近気付いたこと。こいつはいつ見てもスーツをきっちりと着ている。電車にしろ、車を運転してくるにしろ、もうちょっと気崩れてもよさそうなものだ。それも堅苦しさを感じさせない自然な姿勢で、皺一つないスーツを着ているんだから、手が小銭で汚れて、髪に結んでいた跡が付いたままの小娘からしたら嫌味にしか感じられない。

宮野さんに会えるかもしれない、その可能性だけのために毎日、仕事後も身なりを整えて来ているのだろうか。

「寒いならさっさと帰ればいいのに」

「いいえ、今のはただの時候の挨拶です」

「そういうのは手紙でやってよ」

「いや、まだ告白には早すぎるし、若者同士の恋文に時候の挨拶はちょっと」

「こいぶみ」

「あ、高藤さんがあんまり若者らしくないので古い言葉を使ってみたんだけど。駄目でした？」

「一緒にすんな」

早足で坂道をのぼっていく。後ろから松葉があぁだこうだ言いながら付いてくる。もう一週間以上、私の夕勤の帰りは欠かさず続いている。

「ああ、若葉」

坂をのぼりきったところで後ろからぽつんと聞こえた。

見ると松葉が、民家の庭を見て足を止めている。

「ほら、早いですね。もう若葉があんなに」

そこは近所でも比較的広い庭のある家で、数日前までは小さいながらもソメイヨシノが見事な花を咲かせていた。

松葉は目を細めて、緑に彩られた枝葉を眺めている。それがやけに様になっていて、腹の底から蝕《むしば》まれるようにじわじわと苛立ってきた。

「ずいぶん気楽なことで。花なんか愛でてる場合？」

「と、言うのは？」

「宮野さん。こうやって隣人に付きまとっても何も進まないでしょ」

ここ一週間、私は同じような説教を続けている。

「小学生じゃないんだから、さっさと行動すればいいのに」

松葉は静かに笑って、またゆっくり歩きだした。

「だからそれはもう説明したじゃないですか」

曰く、私の部屋の前で待っていたところで、私がバイト中であることを宮野さんに教えられたらもう待ち伏せできなくなる。

それならそれをきっかけに、近付けばいいのだと私が言うと松葉は一人うなずきながら答えたのだった。

「同じ空気を吸っているっていうのが、今はいいんですよ」

穏やかな変態だ。

「じゃあもし宮野さんが引っ越すようなことがあったら付いてくの？」

「……それはどうでしょう。場所にも寄りますけど、うちの会社、関東より東にしか支店がないんですよね」

「なんか転勤の話までされるとリアルだなぁ。まだ宮野さんに彼氏がいるかどうかもわからないのに」

「じゃあそれは聞いてくださいよ」

「だから小学生かっての。自分で聞いてよ」

こういう人任せな態度を見ると、どうしてもあの置手紙との差を感じて、ただ別の恋愛をしたがっているだけのように見えてくる。

「焦ってもいいことないですよ、恋愛は」

達観したかのような顔で、松葉はいつの間にか私の横に並びやがった。

バイト先からほんの十分の距離、最近はこんな感じで帰る。確かに焦るといいことはない、私はそれを知っているから、いまだに反撃できずにいつもそこで議論が終わってしまう。それからちょっと無駄話をした頃アパートが見えてきて解散、というういつものパターン。

これまでに松葉が私といて、宮野さんに会えたことは二度だけしかない。一度目は松葉と親父が私の部屋に現れた日、あの一瞬。

二度目はアパートの前の砂利道で、ちょうど宮野さんが階段を上がろうとしていた、ほんの数秒だ。

松葉はそのときも穏やかに笑って、自己紹介もせずに「こんばんは」と会釈をしただけだった。アパートに通じる小道が近付いてくるといつも思う。こいつ、こんなんでまともな恋愛ができるんだろうか、とか。だからなつみさんとも別れてしまったんじゃないか、とか。本当に宮野さんに付きまといたいのか、とか。

最初の二、三日は、親父が松葉を言いくるめて私を監視させてるのかと思って疑っていたけれど、それも違うらしい。松葉からの説得や説教、観察の気配はまったく見えない。うまく説明できないけど、松葉には誰かのことを思って遠くを見ている、そういう隙が多く、私に構っているというわけではなさそうだ。親しくないけど知っている仲、そういう距離を崩す気配もなく、こちらも気を遣わないので楽でいられる。

たまにそうやって松葉を観察してみると、いつも遠くの音に注意を配っているみたいに姿勢がいい。いつだったか後ろから付いてこられるのは良い気分がしないので、逆に私が松葉の後ろから歩いてみたことがある。そしたら鞄を下げる手が左で、高さもずっと固定されたまま、持ち直すことも反対の手に持ち替えることもなく歩いているのに気付いた。作りものみたいな正確さ。

そして追い返そうとしても、撒《ま》こうと思ってダッシュで通りすぎても、宮野さんに会えなくても、松葉はいつも同じところで私を待って付いてくるのだ。

なんだか演技のうまい犬になつかれたふりをされたみたいな、妙な気分になる。でも、不快じゃない。

アパートの前まで来た。なにか嫌味の一つでも言って帰ろうと踵《きびす》を返すと、

「あ、今日は上まであがります。階段まで」

「……別にいいけど」

松葉は錆びた階段を今更警戒しているのか、小学生が横断歩道を渡るが如く、左右を見渡してからあがり始めた。私も後ろから行く。

階段をのぼる最中でさえぶれない肩。腕。

ただの変態のはず、それはわかっているのに、何か崇高な夢にでも向かってるようにまっすぐ

前を見ている。周囲に邪魔をさせない、無言の決意をまとっている。

「ねえ。本気なのはわかったから、そろそろ真面目に行動したら？」

私は言わずにはいられなかった。

「簡単なセッティングならするし。私も、これ以上待ち伏せされるの面倒だし。松葉も嫌でしょ、いつまでもこんな周囲を嗅ぎ回るような――」

階段をまだのぼりきらない場所で、松葉が止まった。自然私もそれ以上進めずに足を止め、松葉の背中越しに覗きこむ。二階の共同廊下はちょうど松葉の目の高さと同じぐらい、二段下にいる私には仰ぐような高さにある。

「なに？」

横をすり抜けて追い越そうした私の前に、

「待って」

松葉の右手が素早く挙げられる。鋭い声。

ただ事ではない。悟った瞬間、松葉が鞄を置き、おもむろに共同廊下の床へ両手を這わせた。

暗くて何を探っているのかは見えない。

「なにごと？　コンタクト？」

階段に足を置いたまま、汚いコンクリートの上に上半身を伏せるようにしたかと思えば、今度は上まであがり、しゃがみ込んで調査を進めていく。

真剣に探っているその様子において行かれて、いい加減不安になってきた頃、松葉は立ち上がった。

「髪」

「え？」

「いや、髪の毛とか落ちてたらいいなぁ、と思って。探せばあるものですね」

はにかんだその顔の前に掲げられた指は、確かに、『収穫物』をつまみあげている。

「お前もストーカーか！」

私は階段を上がり、松葉を踏み越えて自分の部屋へと入った。


だいぶ日が長くなったなぁ、と食堂から外を見て思う。ちょっと前までは寒くて誰も利用してなかった外のテラス席に、新入生らしい団体が座ってシラバスを指しながらいろいろと議論をしている。

私は親父からのメールを読み返していた。

『学費は振り込んだ。一咲が実家に戻るまで何回も説得に行くから覚悟するように』

ご丁寧に文末には人の顔が怒っているような絵文字が入っている。

一体どういうことなのか、親父の真意が測れない。説得に来るなら宣言しない方が逃げられなくていい。大学には行かせたい、でも付きまといたい、という、本当の親馬鹿なのだろうか。

『ありがとう』と若者らしくハートの絵文字付きで、私はメールを返しておいた。

そろそろかな、と壁の時計を見ると、ちょうど仁美と泰宏が入ってきたところだった。

「一咲、やってきたよ」

この前までの気まずさは何も感じさせない笑顔で、仁美は言った。
「お疲れ。どうだった？」
「大成功」
泰宏も笑ってうなずいている。

和志と仁美、それから泰宏に集まってもらったのは昨日の昼だ。四人とも取っている授業があったので、全員学校に来ていた。新入生の勧誘騒ぎに巻き込まれないように、裏口に近いベンチで私は温めていた計画を話した。

やり方はいろいろでも、目的はただ一つ、親父のストーキングを阻止すること。

家に来られるだけならまだいい。だけど親父のことだ。またバイト先や学校に来て私に恥をかかせてもおかしくない。それに松葉が私の周辺をうろついている、と知ったら、また面倒なことになる。だめだ。簡単に想像できる。それだけはなんとしてでも阻止しなければ。やましいことはないのに、松葉が怪しすぎることばかりしているせいだ。

学費が支払われ、生活がようやく安定しかけている今、私の心配の種は親父だけだった。ここまでの生活を築き上げた以上、壊されたり邪魔をされたりするのは我慢ならない。

手段を考えた結果、やっぱり母に叱ってもらうしかないと私は結論付けた。

叱る母を前にすると父は、よく躾けられた犬のように、しゅんと大人しくなる。たとえがひどいかもしれないけど、母にはとにかく頭が上がらないのだ。

ただし母は基本、家族同士のいざこざには無関心だ。私と遼太が喧嘩しても仲裁に入るようなことはしなかったし、遼太が中学生の頃反抗期で親父を避けていたときも特に何も言わなかった。その分、親父と子供たちにとって中立国のような立場でいるので、たまに一言怒るだけでその影響力が大きい。

問題はどうやったら母が叱る気になるかだ。今のところＧＰＳを利用したレポートが有力だけど、バイト中や授業中にまで携帯を使って絶えず位置確認をするわけにはいかない。

という孤立無援の中、頭に浮かんだのは仁美たちだ。

身内の恥は知られている。それに奴らはどちらかというとネタにして楽しんでいる。ならいっそ協力してもらおう。私はそう考えたのだ。

「親父さんはどの程度で諦めると思う？」

私が計画を話すと、真っ先に口を開いたのは泰宏だった。

「……俺、正直、ゾンビみたいに何回も復活すると思うんだけど」

そう言ったのは和志。この前のカフェで親父の攻撃を目の当たりにしているだけあって、なかなか鋭い。

「大丈夫。親父、比較的弱点が多いから」

「あ、だからこの前も」

「そう」

親父の弱点。母。母への言いつけという脅し。しいたけ。パクチー。

こう並べ立てると雑魚《ざこ》キャラ並みのよわっちさ。

「それに今、好都合なことに親父は車検中で電車通勤してるんだって。来週の水曜まで」

「つまり？」

「証拠写真も残しやすくなる」

「なるほど」

「じゃ、とりあえず、二週間ぐらいは行動記録を取る感じ？」

こういうとき泰宏は考えをまとめてくれる。世間知らずだけど頭はいいのだ。

「うん。変な手紙の投函も含めて。最終的にはできれば書面で誓約書が欲しい」

「誓約書か。そこは最終的に一咲が親父さんにコンタクト取らないと無理だと思うけど」

「うん、それは問題ないよ。……でも二週間も時間を割いてもらうことになるんだけど、どうしよう？」

私が言ってるのはお礼のことだ。当然バイト代を払うほどの余裕はない。

仁美たちは顔を見合わせた。

「代返と出席カードでいいんじゃない？　一年かけてわけてもらうって感じで」

出席カードというのは、授業の際、点呼を取るのが面倒な教授や講師が配るもので、学生がそれに名前と学籍番号、日付を記入して、授業後提出すれば出席とみなされる。紙切れ一枚で済むので、友人に代わりに記入を頼むという不正は当たり前。ただし授業の規模によって一人一枚ずつしか配られないときと、束を前から回していくので取りたいだけ取れるときがある。後者は代返の問題はないけど、前者の場合は他の授業で手に入れた余分なカードがあらかじめ必要だ。しかも厄介なことにカードは十二色あって、授業や日によって配る方もランダムに色を変えてくるので、対応できるよう代返には全色が必要になってくる。

そこで、余分に獲得したカードを多く持っていると有利になる。たいていは友人同士で無償で交換が行われるが、中でも出欠に厳しい教授がときどき使うとされるレアなページュのカード（通称レアベ）は、他の授業ではなかなか手に入らないため、学生の間でオークションが行われるらしい。それ以外のカードにしても自分が受講登録をしていない授業にわざわざ出て、カードを集めている学生もいる。

そのぐらい、学生はいかにしてさぼるかに力を注いでいるのだ。とったノートを学期末にまとめて提出することで出席とみなす授業の場合はノートが貴重とされるし、いまだに点呼を取る授業の場合は純粋な代返役が重宝される。

「それならいけそうでしょ？　一咲、一年のときはまじめに授業受けててカード溜まってるし」

「そんなんでいいの？　その時間バイトしたらちゃんとお金になるよ？」

半信半疑で聞くと、

「いいんだって。バイトしながらでもできるし」

和志が答えて泰宏が続ける。

「それに高藤は一人暮らしを続けたいんだろ？」

「……うん」

「じゃあ決まり。子離れしてもらわないとな」

その一言で、今までずっとぎりぎりだった生活に、少しだけ余裕が生まれた。

家事も、家の細かい手続きとかも、バイトも、学校も、全部一人でやらなきゃいけないと思っていた。全部自分でやらないと自立にはならない、って。

でも実際に全部をこなせる人はいるんだろうか。

わからないから私は今のところ、みんなの手を借りることにする。


「持ってきたぞ」

和志がデジカメを片手に食堂へ入ってきた。

「はい、一咲。証拠の品」

カメラ本体の液晶に写し出されたのはどこかの駅の構内のようだった。画面の隅に「西口」と案内板の矢印が写っている。それから人ごみ。

「ほら、この端の方」

和志が指した先には、群衆の中の一つの後ろ姿。珍しくもなんともないストライプのスーツで、普通なら見落としそうなものだけど、そう言われれば、って程度にそれが自分の親父だとわかる。

「よく撮れたね」

仁美が感心すると和志は、

「実は、痴漢に間違われて駅員に声かけられた……」

「ああ、その辺はやっぱり素人」

「なんて言って逃げてきたの？」

「カメラマン志望って言って、デジカメの中身見てもらった」

カメラに収められているのが中年の親父だとわかって、和志の痴漢疑惑は晴れたらしい。

「そこまで苦労しといて、撮ったのこの一枚だけかよ」

泰宏が笑うと、

「いや、次見てみ」

和志が横からカメラを操作して表示画像を変えた。

現れたのは大きく撮られた親父の背中。同じ駅のようで、地上へと続く階段をのぼっている姿を下から写している。ただ一枚目と大きく違うのは、その背中に貼られた紙だった。

【親バカも　過保護も過ぎれば　ストーカー】

デジカメの液晶でもはっきり読み取れる、太くて大きい字。書道の心得がある泰宏が用意したのだ。

「次も、ほら」

再び和志が操作すると、どこかのガラス張りになっているビルの中で、親父がスーツ姿の人と名刺交換をしている姿が写っていた。きちんと営業用の顔をしているけれど、やっぱり背中には紙が付いたまま。

そしてその次には、背中の紙を指摘され、懸命に体をひねって見ようとしているマヌケな姿。

「あはは、凄いこれ。和志天才」

「ま、アイディアは泰宏だけどな」

「すごーい。これどうやって付けたの？」

仁美も横から覗きこんでくる。

「あ、付けるのは簡単。位置情報取得して、尾行して、混んでる電車の中でぶつかるふりして付けただけ。一応、顔は割れてるからメガネかけて変装はしたけど」

和志はバッグから黒縁メガネを取り出した。

「俺、昔探偵になりたかったんだよね」

「なりきってんなぁ。あ。で、これが位置情報の記録ね」

GPSの探索はパソコンからも行えるので、私は三人にアカウントを教えておいたのだ。便利な世の中だ。試しに学校のパソコンから私の携帯を探索対象として記録を出してみたけれど、思っていたよりもずっと正確で驚いた。

泰宏が差し出す紙には、昨日の夕方から三十分置きの親父の居場所が表示されている。この前私が母に提出したものよりよっぽど細かい。

「で、地図にもしてみた。二枚目」

今度は地図上に線で結ばれた移動記録。

「画像の時間はだいたいここからここまでの移動中だから、一時間は背中に紙付けたまま歩きまわってたことになるな。この機能使えば、もっといろいろできると思うけど」

泰宏が地図をなぞりながら、細かく説明してくれる。

「いろいろって例えば？」

「例えば、せっかく今だけ電車で移動してるんだから痴漢にしたてあげるとか」

「あ。犯罪系はパス。私が犯罪者の娘になっちゃう」

「……だよな。言うと思った」

「じゃあ、高藤のアパートまでの道を全部工事中を装って辿りつかないようにさせるとかは？」

提案した和志はときどき道路整備の単発バイトをしている。制服や看板が手に入れば実現でき

そうに見えたけど、

「でもそれって、ケーサツとかジチタイに見つかったらやばいんじゃないの？」

意外にも仁美が冷静に言って、私たちはしばらく黙りこんでしまった。

「まあ、一番は私の生活の邪魔にならなきゃいいんだけどね。納得して、付きまとうのやめてくれるのが一番だけど、やっぱり母の力を借りるのが一番だから。それまではこう、記録をちゃんと取るのと、じわじわと恥をかかせて復讐できればいいかな」

「そっちのが犯罪じゃないけどあくどいなぁ」

「それだけ私も恥をかかされている」

壁の時計を見上げると四時半だった。

「あ、高藤、今日も夜バイトだろ？」

「うん」

「じゃあ、あとの位置情報は俺らで追っておくから。そろそろ出なきゃまずいだろ」

勤務時間の三十分前。大学からコンビニまでは徒歩十五分。

「うん、もう出る」

私は泰宏が持って来てくれた資料やら、広げた計画書やらを鞄につっこんだ。

「じゃ、悪いけど、もし親父がうちのコンビニ付近まで来たら」

「わかってる。打ち合わせ通り、携帯鳴らすね。二回連続でワンコール」

「ありがとう。よろしく」

「うぃっす。お疲れー」

「お疲れ」

早足で食堂を去る。

外に出るとき体全体が寒さに身を縮める準備をしていたというのに、実際にはそんな必要がなく、緩んだ空気に足が浮いているんじゃないかと思わず地面を凝視してしまった。

散った桜のガクが、まだしぶとくキャンパスの隅に残っている。


「高藤さん、明日の昼間ってバイトですか?」

松葉が、いつもの作りものみたいな笑顔じゃなく真剣な顔で予定を聞いてきたのは、四月も下旬に差し掛かった頃だった。

松葉のストーキングは続いているが依然として発展は見られず、ほんの少しの可能性のために今日も私をダシにしようと待ち伏せされていた。

変わったことと言えば先週の終わりぐらいから、少し遠回りをして歩くようになった。「こっちの道の方が宮野さんが通る可能性が高いんですよ」とのこと。確かに前に少し話したとき、宮野さんはそんなことを言ってたような。さすが変態。

今日は店を出るといつもの場所に姿が見えず、珍しく待ち伏せていない、と意外に思うと、すぐ脇に車が停まっていて、松葉が窓から顔を出していた。紺のセダン。

「送りますよ」

「いいって。歩けばすぐだし。なんで車?」

「仕事の帰りなんです。車置いてくる時間がなくて」

そこまでして来なくても、そう思うと、そこまでして来たんだから、大人しくダシにされるか、と思い、結局私は今助手席にいる。

松葉の車はラジオも音楽も、かかっていなかった。

そういえば、と、この前聞いた石森さんが襲われた話をしていた。そこまで思いつめるなよ、という警告のつもりで。

すると松葉は少し黙ったのち、明日の予定を聞いてきたのだった。

明日は土曜日。

「なに、デートのお誘い？」

「いえ違います」

「わかってるって。バイトは休みだけど、なに？　やっと行動に移す気になった？　セッティングすればいいの？」

正直、宮野さんと松葉がうまくいくという確信はなかった。こんな変態に宮野さんはもったいなさすぎる。

けれど私が松葉の立場だったら、絶対にそこまでできない。無謀な恋愛に自分の貴重な時間を割く余裕もない。そこまで堂々とストーカーになれない。

きっとその差が、結果に大きく関わってくるのだ。例えば私がこのままの性格の男で、松葉と同じように宮野さんを狙っていたとしよう。松葉と同じように社会人で、車や若干の経済的余裕も持ち合わせている。それでもきっと、松葉の行動を鼻で笑って自分の仕事に夢中になっているうちに、あっさり負けてしまう気がする。

いや、もっとわかりやすく言うならば、私は負けたことがあるのだ。

具体的な恋敵がいたわけじゃない。でも私は確かに負けた。途中で投げ出した。松葉のように、執着できなかった。

私とは違う結末を見届けたい、今は純粋にそう思っている。

「セッティングは自分でします。ただ、一つお願いがあって」

話が長くなりそうだ。松葉がスピードを落とした。

「明日は、家にいてください」

私が承諾すると思っている、そんな口調だった。

「なんで？　明日は友達が来てご飯作るから、食料の買い出しとか行くけど」

「……明日、呼び出して話すつもりなんですよ」

右を向くと、松葉が目を伏せていた。いい歳した大人が、もしかして照れているのか。

「あ、宮野さん？　へえ、どこで？　え、ていうかいつの間にそんなことに？」

宮野さんは新学期になって受け持つ生徒が増えたらしく、最近会っていなかった。

「だから、それを言ったら見に来るでしょう。それが嫌なので、こうしてお願いしてるんです」

「そんなことしないって」

「じゃあ買い出しもこのまま車で向かいますから、スーパーで済ませましょう」

松葉はウィンカーを出し車を寄せた。深夜営業のスーパーはコンビニより向こうにある。戻る気だ。

「……近所での買い出しも警戒するってことは、この辺で話すつもりなんだ？」

「…………」

前を見たまま黙る松葉が、なんだか哀れに思えてきた。

「わかったよ。明日はうちから一番近いスーパーにしか行かない。松葉はそこより離れたところで話せば？」

「本当ですか？　ありがとうございます」

「うん、まあ、頑張って」

私にだってそのぐらいの仏心はある。

だから車が再び走り出したとき、松葉が後続車の確認をしている隙に携帯を助手席の下に滑り込ませたのも、情けというか、老婆心なのだ。


翌日は仁美をうちに招いて、女同士でゆっくりお昼でも食べながらＤＶＤでも見る予定だった。残念ながらうちにはテレビもパソコンもないため、仁美が薄くて軽いノートパソコンとインターネットに繋《つな》げる端末を持って来てくれたのが好都合だった。

仁美は最初、私が携帯を持っていなかったのでなかなか待ち合わせ場所の駅で会えなかったことを怒っていたけど、事情を話すとあっさりと許してくれた。

つまり、ＧＰＳで私の携帯の位置情報を探索するのだ。

探索用のアカウントでログインすれば、どのパソコンからも探せるようになっている。一度、実験に自分の携帯を対象にして試したことがあったので、アカウントは既に作ってあった。実に便利な世の中だ。

一応隣のドアが開く気配にも注意していたけれど、朝から物音が聞こえないから、もしかしたら宮野さんは出先から向かうのかもしれない。本当は昨夜、宮野さんに直接いきさつを聞きたかったけど、私は帰ってすぐ不覚にも寝てしまった。

「あ。動いたみたい」

二人でカレーを作って食べていると、仁美が床に置いたパソコンを指して言った。表示された地図上で、丸いアイコンが点滅している。さっきまでは私の行ったことのない街の地図だったけれど、少しずつ、知っている地名が混ざってくる。

食べ終わる頃には、二つ隣の駅の近くを丸印は移動してきていた。

「やっぱりこの辺で話すのか」

「みたいだね。もう出た方がいいかな？」

「もうちょっと待とう」

それから十五分ほどすると、駅向こうの公園で止まった。三分置きに探索をしても、動く気配がない。

私たちはアパートを出た。

久し振りの休日は初夏のような暑さ。告白日和。

駅の向こう側まで歩いていくと、松葉の車は面白いほどあっさりと見つかった。公園の正面にあるコインパーキングに停まっていたのだ。ナンバーこそ覚えていないものの、何も飾りのない内装と、後部座席に置かれた松葉の鞄でわかる。

その公園は中に人工水路が流れていて、子供だけじゃなく散歩やジョギングをする人も利用するような所だった。きれいに整備されてはいるけれど、古くからあるらしく、背の高い木が植わっている。

奥へ進むと円形の芝生が島のように点在していて、それを囲むように木のベンチが置かれていた。

そのひとつに松葉。

スーツじゃなく、私服だったので私は思わず噴き出してしまった。見慣れない松葉。丈の短いグレーのジャケット。下はデニム。ちゃんと若者に見える。

そういえば私は土日に夕勤を入れていないから、松葉が待ち伏せすることもなく、スーツ姿しか見たことがなかった。

「あの人？　結構よくない？」

松葉初見の仁美が言う。

「いや、ああ見えて変態だから」

「もったいないなぁ」

宮野さんはまだ来ていないようだ。

「つまんないなぁ。もっとそわそわしたり、挙動不審になったりするとこ、撮ってやろうと思ったのに」

私は仁美から携帯を借りて、カメラモードで待機していた。

なのに松葉は臆する風でもなく、いつもの自然体でベンチに座っている。

まわりを見渡せば、いい天気のせいか、家族連れや犬連れが、芝生で遊んだり寝転んだりしている。キャッチボールをする親子、日なたのベンチで文庫本を開いているおじさん、お弁当を広げる老夫婦。こんな平和な光景、いまだに存在してたのか。

時刻は一時二十分。

「一時半待ち合わせなのかな」

「ぽいね」

私たちは見つからないよう、芝生の島を挟んで松葉の斜め後方にあるイチョウの陰に移動した。

とりあえず暇なので、一枚、仁美の携帯を借りて写真を撮っておく。

「タイトル『人待ち顔』。保存していい？」

「いいよー。あとでアルバムにして松葉さんにあげれば？」

「うまくいったら、の話ね」

私が操作していると、ちょうど手の中で携帯が鳴りだした。

「あ、メールだ」

仁美に携帯を返し、私は松葉の観察を続ける。

親父は、こんな風にして私を尾行していたのか。今は遊びだからいいけれど、きっと退屈だったろう。ただ観察するだけなんて、対象がへちまでも飽きる。

それに尾行だけじゃなく、置手紙、非通知電話、バイト先襲撃。それも松葉と同じで、一つの執着の仕方なのだ。へちまの方は、そう簡単に納得はいかないけれど。

「一咲。メール、泰宏からなんだけど」

仁美が携帯を私の方に差し出した。メールの本文が表示されている。

『対象者接近。現在、小鷹二丁目で三十分ほど停止中。高藤にも連絡したけど出ない。今日一緒にいるんだよな？』

親父が接近したときは、私に連絡が来るだけじゃなく仁美たちにもメールが送信される。

「小鷹二丁目って」

私の家が駅の反対側で五丁目。大学が一丁目。

二丁目はこの辺だ。

「え、なんでうちと反対側に？」

「一咲、帰る？」

「ううん、そっちの方が危ない。ここにいよう」

もしかしたら、親父も松葉の晴れ舞台を覗きに来た？　まさか。

第一、松葉が親父に話すわけがない。偶然、この辺を通っただけ？　いや、それはない。三十分もこの辺りにいるのだ。

何か裏があるんじゃないか、私は罠にかかっているんじゃないか、そんな嫌な予感がした。

「あ、一咲！　誰か来た！」

仁美が小さく声をあげて、私の肩を叩く。

公園口からまっすぐ松葉に近づく人影。

「あれ？」

宮野さんじゃない。

松葉の向こうの木が邪魔で入口付近はよく見えないけど、宮野さんより背が高い。男だ。

「宮野さんの彼氏が文句つけに来た、とか？　宮野さんって彼氏いるの？」

「そこまでは知らないけど、それにしてはちょっと野暮ったいっていうか、不似合いっていうか……」

眼鏡。チェックのシャツ。猫背ぎみの長身。ひょろっとしたあの中年が、宮野さんの彼氏？

思わず乗り出して観察してしまう。

松葉もまっすぐにその男を向いている。

自信なさそうに歩くその姿を目で追っていると、私は不思議なことに気が付いた。

「あ！　あの人、うちの店の常連さんだ」

いつも「どうも」と言ってくれる、あの人だ。松葉同様、私服姿なのでイメージが違うけど、背を丸めた歩き方に特徴があるので間違いない。

「え、じゃあその常連さんが宮野さんの彼氏さんだったってこと？」

視線の先で松葉が立ち上がる。常連と何やら話している。

「なんかあまり穏やかな感じじゃないけど……」

そういえば。

私は関係のないはずのことを唐突に思い出していた。

宮野さんが言っていた『あのサラリーマン、マルメンだったから』。

あのときは『ポストのとこでときどきタバコふかしている人』を、松葉のことだと思い込んでいたから気にも留めなかった。

それに店にかかってくる無言電話。石森さんの『彼女に馴れ馴れしくするな、って言われた』というセリフ。

湧き出るような直感を、まさか、と、一つ一つ消していくには時間が足りなかった。

消そうとすればするほど、確信らしきものが増えていく。

そしてあの常連が買っていくタバコの銘柄を思い出したとき、視界がぐらりと揺れた気さえした。

緑色の箱——マルメンだ。

「あ!」

仁美が今度は大きな声を上げた。

常連の腕が払われ、松葉が首筋にそれをくらっている。姿勢を崩したところへ、常連がもう一発腕を振り下ろす。

平和な公園の中で、真っ赤になった常連の顔が異様な存在感を放っていた。

「……!」

松葉が二発目を避け、先ほどまで座っていたベンチに手をついた。体勢を整える。起き上がって右へ体を移動するのを常連がつかみかかろうとする。しゃがんで交わす。今度は常連の足がすくわれる。

倒れた常連が嘘みたいに跳ね起きて、立ち上がりかけた松葉の上に倒れ込む。松葉の方が身長は低い。不利だ。常連の下になってもがいているのが、かろうじて見える。どうにか引きはがそうとしているようだ。乱れた髪。いつもの皺ひとつないスーツの面影はなく、上着は脱げかかっている。歯を食いしばって、必死になっている。

飄々としていた松葉が、そこまで必死になる理由。宮野さんのことを語るときは妙に穏やかだった顔が、曇ったり、強張ったりしたのは、そういえば最初の方だけだった。最初にうちにあがり込んで、なつみさんの引っ越しを知ったとき。そのあと女の嘘について、私が指摘したとき。その二回だけ。全部、なつみさんに関することだ。宮野さんのことに関しては、一切、動揺しているのを見たことがない。

やられた。もっと早く気付くべきだった。

松葉の大嘘つき野郎。内心で、すばやく舌打ちをする。

「仁美、行こう！」

「え!?　行ってどうするの!?」

「止めないと！」

「危ないよ！」

常連が体勢を変え、松葉の頭にむかって目茶苦茶に腕を振り下ろしているのが見えた。あれじゃ、よけるのに精一杯で逃げられない。支離滅裂な攻撃。癇癪を起こした子供みたいな暴れ方。その分、読みにくいのだろう。

「大丈夫、どうにかなる！」

力で勝つつもりはなかった。けれど私が出て行けば常連は大人しくなるんじゃないかと、走り出した。可能性は五分五分。大丈夫、と言ったのはほとんど虚勢だった。

せめて誰か、止めてくれないだろうか。淡い期待の中、全速力で公園を駆け抜ける。

——次の瞬間、私の願いが天に届いたのかと思った。

子供とキャッチボールをしていた父親、ベンチで本を読んでいたおじさん、そしてどこにいたのか、まぎれもなく私の親父が、どういうわけか、ほぼ同時に松葉たちに駆け寄ったのだ。

気付けば常連は、松葉を含む四人の男たちに地面に押さえつけられていて、そこでようやく私は、常連の正体に確信を持った。

4

「で」

親父とやっと落ち着いて話せたのは、松葉の運転する車の中だった。助手席に親父。後部座席に私。

「なんで黙ってたの」

私は運転席と助手席を交互に睨みつける。

車に乗る前、「松葉の知り合い」と名乗るおじさん——子供とキャッチボールをしてたあの人だ——に、警察に行くかどうかを聞かれた。それは私の意志次第なのだと。

そして私はそれを拒否した。おおごとにしたくないというのはもちろん、事情聴取とかそういうのでバイトを休むことになったら生活できなくなる。

だけど今、この二人の詐欺師を警察に突き出すべきだったかと早くも後悔している。

「一咲の知らないとこで解決したかったんだよ」

「だからって……！」

私が前に身を乗り出すと、

「親の心、子知らずですね」

松葉が運転席から口を出す。

「部外者は黙ってて」

「こら一咲、恩人に向かってなんてことを。……すみませんね、松葉さん」

「いいえ」

松葉は笑顔を親父に向けた。


「お父さんに依頼を受けたんです」

私と仁美が出て行くと、「松葉の知り合い」の、ベンチで読書していたおじさんはそう言った。

俺は悪くない、違うんだ、俺は悪くない――両脇を男たちに固められた常連は、うわごとのように繰り返している。

充血した目で私を見ている。知り合いのように私にすがりつく視線に、異常さを感じずにはいられず、私は逃げ出したくなった。そして自分の今までの鈍さを殴りつけたくなった。

「だから来るなって言ったでしょう」

松葉は私が現れたのを見て一瞬、上着の土ぼこりを払う手を止めたけれど、すぐに淡々とそう言ったのだった。

「じゃ、とりあえずこいつ連れて行くから」

親父以外の、私と面識のない二人のおじさんが、常連を公園の外へ連れて行く。

「ああ、頼む」

松葉は親しげに答えて、それを見送った。

「え、何、どういうこと？」

聞いたのは私ではなく、仁美だ。

私はというと、親父と松葉を、遠くから見ているような気分で眺めていた。

いろいろなことが一度に頭に浮かぶ。電話。置手紙。花束。

「あの男は」

松葉が顎で連れて行かれた常連を指す。

「高藤さんの家に手紙を投函したり非通知電話をかけていた張本人です。それから、尾行やバイト仲間を襲ったのも、おそらく」

「え！　一咲のお父さんがやってたんじゃなかったの？」

親父はハンカチを取り出して額の汗をぬぐっている。

「仁美ちゃん、だったよね。巻き込んで申し訳ない」

仁美は混乱しているのか、私と親父を交互に見比べ始めた。

「何、ごめん、ちょっとよくわからないんだけど。え、一咲は知ってたの？」

「まったく。でもなんとなく、わかってきた」

引っ越して二ヶ月近く経ったのに、なかなか来ない携帯の請求書。ポストから抜き取られていたのだ。あれには番号が記載されている。

そうだ、最初からおかしい。置手紙には手書きと印字が混ざっていた。紙もばらばら。

松葉の手紙と合わせて、紛らわしいことこの上ない。

「詳しくは車の中で説明しましょう。ただちょっと手続きが長くなるので、お友達はご自宅まで送ります」

そして私たちは、松葉の車に乗せられたのだった。

仁美は『絶対あとで詳しく教えてね』と念を押して、途中、自分のマンションで降りていった。


ストーキング、と呼ぶのは抵抗があるけれど、便宜上そう呼ぶことにする。

常連のストーキングの始まりは、非通知着信だった、らしい。

私は親父からバイト先訪問や置手紙の攻撃を既に受けていたため、非通知も親父の仕業だと思い、抗議文を送りつけた。あの、年賀状の残りを使ったハガキだ。

そこで親父は私にいやがらせをする人物がいると知り、独自に調査を開始した。

「バイト先に偵察に行ったり、近所に挨拶に回って怪しい人がいないか確認されたそうです。それから、こっそりお友達に、犯人に心当たりがないか聞いたりとかも」

松葉は運転席からバックミラー越しに笑った。

「一咲さんには、煙たがられたみたいですが」

「……小鷹駅のカフェに来たのは？　あれも調査？」

私は親父のいる助手席のシートを後ろからつかんだ。

「あれは……」

親父が言いかけてやめると松葉が代わりに答えた。

「営業が終わった後に尾行されていたそうです」

「あ、じゃあ和志に失礼な態度とったのも、ストーカーって思ってたから？」

「いや？　あれは、父親を差し置いて一咲と親しくしててむかついたから」

「…………」

そして親父は私のまわりの人物を調べては疑っていった。その頃になると、置手紙には本物のストーカーからの手紙も混ざるようになっていて、それも親父が自分の手紙を入れるときに気付いたらしい。

時間の許す限り、親父は私のポストをチェックし、極力手紙を処分するか、ストーカーからの手紙と思わせないために親父自身の置手紙も定期的に入れていたという。

「だったらなんでその時点で言ってくれなかったの？」

「ストーカーの正体がわからなかったからですよ。いたずらに怖がらせてもいけない、と考えたんです」

「じゃあ、一人暮らしに反対してたのも、演技？」

「……違う」

わからなくなってきた。

松葉が縺《もつ》れた糸を解くように、ゆっくりと説明を始めた。

最初は私が家を出る理由を、彼氏と会う時間を作るためと思ったらしい。

「彼氏、いないし」

「……でも高校のときはいただろう。慎くんっていう」

「なんで知ってんの!?」

親父はもちろん、弟にも話していない。

「観念して、言ったらどうですか？」

松葉が運転席で、苦笑いをする。

「なに、もしかして勝手にメールを見たとか？」

嫌な予感がして助手席を揺さぶると、

「違う！　そんな姑息な真似はしてない！」

親父は必死の形相でこっちを振り向いた。

「じゃあなんで」

「部屋からもれる電話での会話を、盗み聞きしたらしいですよ」

横から松葉が答えて、私は耳を疑った。

「……親父」

それから親父は、慎の名前がわかったところで学年名簿を引っ張り出し、フルネームを把握した。それから私と友達が電話で話してるところも盗み聞きし、福岡に行くことも知っていたそうだ。

「だからお父さんは、一咲さんが遠距離恋愛を続けているものと思って、一人暮らしを反対したそうです。会いたい放題になって福岡に引っ越す、なんて言われたら大変だ、って。ただ、盗み聞きして得た情報なので、反対している理由は言えないままだったみたいですよ」

「信じらんない！」

それってただの嫉妬じゃないか。

「……あー、松葉。ちょっと車停めてもらっていいかな。それか警察寄ってもらえる？」

「お断りします。流血騒ぎにしたくないので」

「……母さんに絶対言いつけるからね」

親父は助手席で小さくなっていた。

「で、本物のストーカーがいるって気付いたあとは？」

ストーカーのしっぽはなかなかつかめない。私への具体的な接触はコンビニのレジでだけなので特定できず、ポストを一日中見張るには、あの辺は見通しが良すぎるし効率が悪い。

焦った親父は学費の支払いをせずに、私を実家に帰らせようとした。

その矢先、私の部屋に松葉を見つけてストーカーだと思ったのだ。

「鍵を持っていなかったら、殺されるところでした」

「それとすぐに一咲が入ってきて、あまり不審に思ってないみたいに見えたから、変質者ではなく知り合いなのかと」

「その割には、あの後すぐに、不動産会社に電話されてたみたいですけど」

「え、なんで？」

「なつみのことを確認されたんですよね？」

親父は松葉から聞き出したなつみさんの情報を、不動産会社に確認したらしい。本当にそういう名前の人が住んでいたのか、そしていつ頃入居していつ頃出て行ったのか。送っていくと言ったあの日、松葉を車に乗せたまま、自分だけ外に出て。

「車に戻られてすぐ、態度が柔らかくなったので、そうだと思いました」

「申し訳ないね。あまりにも松葉さんが現れるタイミングが悪かったので、確認してからでないと信用できなくて」

「いえ、当然のことです」

そして親父は松葉を送りがてら、私のストーカーのことについて話したという。

「そのときに興信所に知り合いがいるって話をしたんです。そしたら次の日でしたか。高藤さんから電話がかかってきて。協力してくれるか、って言われたんです」

「ああ、それでさっきの二人」

本来そういう問題は比較的早く片付くはずだけど、被害者本人の私に気付かれずに解決するというのは難しく、証拠も集めにくい。

「一咲さんは、手紙とか尾行をお父さんのものと思って警戒してたので、それを続けてもらうことにしたんです」

それで、何度でも説得しにいく宣言。この頃には私が帰る気がないと親父も諦めていたものの、そうやって嘘をつくしかなかったらしい。

確かに私は、親父を警戒して、バイト先からもまっすぐ帰っていた。思えばあの頃から、松葉が夕勤帰りに待ち伏せするようにもなっていた。

それから、宮野さんに惚れたというデタラメ。

「ああ言うしかなかったんですよ」

髪の毛にしろ、手紙にしろ、被害者の私が見ているところで回収しなければ、証拠にならないらしい。それであの変態行為に及んだということか。

「それに、四月の中旬に入ってからはあの男の行動も、エスカレートして危険だったんです」

松葉はボディーガードだったたってわけだ。

そういえば帰り際、駐車場に車を停めて新聞を読む、あの常連を何度か見かけた。常連だからまったく気にもとめなかったけれど、あそこで時間をつぶして待ち伏せていたのかと思うとぞっとする。

極めつきは石森さん襲撃。

「たぶんあれも、同じ時間帯に一緒に働くのを見て妬んだんだと思います」

確かに四月に入ってから、あの常連が来る時間、石森さんとばかり働いていた。比較的暇なので雑談もけっこうしていたように思う。

その事件のことを知って松葉は初めて常連にコンタクトを取り、今日に至ったのだ。

「なんで松葉が呼び出したの？　興信所の人に任せればよかったのに」

「それは何度も一咲さんといるところを、あの男が見かけていたはずだからです。囮役だったんですよ。それに、たいていの場合は話し合いで解決するんです。警察じゃありませんから、逮捕が目的じゃなくて、行為が止まれば充分なので」

公園を選んだのも、人目があり、なおかつ話を聞かれにくいからだと言う。

「あそこまで短気なのは予想外でした」

その割にはたいして動揺していないように見える。

「それに来るなと言ったのに、高藤さん……お父さんも、一咲さんも、両方来てしまって。そちらの方が予想外でしたよ」

「親父も?」

最初から来る予定だったのかと思っていたけど違うらしい。

「だって……あの男、許せないし」

唇を尖らせたふくれっ面じゃなく、親父は「父親」の顔をして前を見ていた。

そんな風にされたら怒るに怒れないじゃないか。ありえない愚行も、許さないわけにはいかなくなる。

認めたくなくて私は話を変えた。

「でも私、あの常連と店でしか面識ないんだけど。個人的に話したこともないし」

「だからだよ」

親父が助手席で快活に笑った。

「接客中の猫かぶってる一咲じゃなくて素の方と話してたら、あそこまでエスカレートしないって。全部あの男の中の妄想だよ妄想」

「うるさいな。自分だってストーカーしてたくせに」

私が助手席のシートに蹴りを入れるふりを続けていると、車はだんだんとスピードを落としていった。

「今頃あの男は、一咲さんに今後近付かないという誓約書を書かされているはずです、そちらの手続きが終わったら今晩か明日にでも、高藤さんに連絡が行くはずなので、後日、一咲さんにも興信所から説明が行きます」

松葉は駅前のパーキングに車を入れながら言った。小鷹駅から四駅のターミナル駅。

まだ二時半前で、土曜の街中は買い物客だらけだ。

「最終的に依頼主である高藤さんと、被害者である一咲さんの了承サインをもらえればこの件は解決となるらしいんですが、これで大丈夫でしょうか？」

エンジンを止めて松葉が振り返る。

「はい、問題ありません。本当にありがとうございました」

親父が助手席で深々と頭を下げる。

「ちょっと一つ質問」

私はずっと気になっていたことを口にした。

「松葉は興信所の人と知り合いってだけなんだよね？」

「はい、そうです。あれは同級生が始めた興信所で」

「ちなみに宮野さんに惚れたっていうのも嘘なんだよね？」

「はい、ただの口実です」

「じゃあなんで、わざわざ囮役になったり、嘘ついてまで調査に協力してたの？」

すると親父と松葉が顔を見合わせてうなずいた。大人は何でも知っている、というような気に食わない雰囲気。

「じゃあ行くか」

親父がシートベルトを外し、外に出た。年甲斐もなく、にやりと笑っている。

「ほら、一咲も」

「……どこに行くの？」

「行けばわかる」

「松葉は？」

「ここで待ってます」

親父と松葉の間ではすでに話は済んでいたようで、私一人が釈然としないまま、車を降りた。

「あ、高藤さん。これ」

松葉がなにやら薄い本のようなものが入った黒い袋を窓枠から親父に手渡し、親父が黙ってそれを受け取る。

「お願いします」

今度は松葉が深々と頭を下げた。

今まで私に見せていた飄々とした態度とはまったく違って、私服だというのにスーツ姿なんかよりも真剣に見えた。


お祭りみたいに人が溢れる大通り沿いの雑居ビルの一つに親父が入っていったとき、私はようやく事情を察知した。

なんだか悔しいので後ろから手を伸ばし、親父がエレベーターの上ボタンを押す前に横入りして押してやった。

「やっとおわかりになりましたか、お嬢さん」

親父のわざとらしい態度に、蹴りたい衝動に駆られながらも、私はぐっと我慢する。しょうがない、親父がいないときっと無理だ。

「ええ、おかげ様で」

エレベーターが来ると、私はさっさと乗り込み六階のボタンを押す。古いせいか、がたがたと揺れながら上昇するのは前に来たときと同じだ。

「でもそんなことしていいの？　松葉は犯罪者かもよ？」

「それはお父さんも迷った」

「私、知らないからね」

「じゃあやめるか？」

「……やめない。なんとなく、大丈夫だと思う」

「根拠は？」

「勘。親父は？」

「勘」

チン、と古臭い音がしてエレベーターが止まった。

「それに、実は簡単な裏付けも取ってある」

ドアが開いて、グレーのカーペットが敷かれた先に白いカウンターが見える。その向こう側で紙と机に広げた地図を見比べている若い男の人に、親父は声をかけた。

「すみません、高藤と言いますが、橋本さんはいらっしゃいますか？」

橋本さんは私の担当だった人だ。

「……お約束の方ですか？」

「ええ、時間は言ってなかったんですが、本日来るという話はしてあります」

男の人は、かしこまりました、とファミレスのような暗記口調で、パーティションの奥に下がって行った。

「担当者の名前まで知ってるんだ」

私は声を抑えて言った。

「だって前に一度連絡してるから」

「ああ、そうか」

すぐに奥から、営業スマイルを浮かべた橋本さんが出てきた。

「高藤さん、どうもお待たせしました。お嬢さんも。どうぞおかけください」

「すみません、お忙しいところ」

鍵の件があったせいか、橋本さんはやけに低姿勢に見えた。

ここは私が契約をした不動産会社の事務所だ。いくつかの物件を回って見せてくれたのも、この橋本さんだった。

「それで、ええと本日は……」

私たちが座ると、橋本さんが作り笑いを親父に向ける。

「ええ、少し困ったことがありましてね。前の住人宛の配達物が、いまだに娘のところに届いてしまうので、どうにかしてもらいたくて」

そんな話聞いたことがないけれど、私は横でうなずいておいた。

「配達物というのは郵便ですか？」

「いや、こういうカタログ類なんですが」

親父は松葉から渡された袋の中身を取り出した。ビニールの封筒にアパートの住所と『佐倉なつみ　様』と書かれた宛名シールが貼られている。中身は化粧品のカタログみたいだ。

「この封筒に書かれている電話にかけて配達を止めようと思っても、前の方は会員か何かになってたみたいで、本人からの連絡でないと止められない、って言われてしまうんですよ」

「ああ、なるほど」

橋本さんは神妙な顔をして封筒を眺めた。

「それじゃあ、こちらからご本人に連絡して……」

「いや、それでは困るんです」

親父が遮って続ける。

「このカタログ以外にも、郵便ではない配達物がいろいろとこちらに届いてしまっていて。娘が表札を出していなかったのも悪いんですが、定期購読の雑誌を、宛名も見ずにダイレクトメールと思って開けてしまったんです。でも支払いはカードになっているので、きっとその方のところに請求は続いていると思うんですよ。なのでそのお詫びを、ぜひ直接こちらからしたいと思ってまして……」

直接、を強調して親父は言った。よくもこんなにすらすらと嘘が出るものだ。

私は感心しつつ、困った顔を作ってただ黙っていた。

「なるほど、そうだったんですか」

橋本さんは考え込んでいる。

最近はどの業種でも、プライバシー保護にうるさい。簡単に教えるわけにはいかないんだろう。

「お気持ちはわかるんですが……」

「あ、ちょっと違う話なんですけど」

私はとっさに声を出した。

「前住んでた人と、私の契約書の内容って変わってますか？」

橋本さんは私を見た。

「いえ、ここ五年ほどは変わってません」

「家賃とかお金の面も？」

「はい。大家さんが特に希望されてなかったので」

この話は入居のときに聞いていた。地価は上がっているのに据え置きなんてお得ですよ、と。

「じゃあ、前の人の敷金からクリーニング代取ってるんですよね？」

私が契約のときに交わした契約書には、敷金返還の注意事項に『但しクリーニング代として一万八千円、その他修繕費を引いた金額』を返すという内容が書かれていた。

「私の部屋、入った時はほこりだらけだったんですが。クーラーも窓も」

「……それは、失礼しました」

「クリーニングってどこをしたんですか？　前の人の持ち物らしいカーテンクリップとかも残されてましたけど」

「……。ちょっと待ってくださいね」

橋本さんが奥に消えると、私たちはカウンターの下でこっそりと親指を立てた。

「お待たせしました」

再び橋本さんが戻ってきたとき、その手には一枚のメモ用紙が握られていた。

「これが、前の住人の佐倉さんの転居先です。ご実家みたいですね」

カウンターの上にそっと紙が置かれる。愛知県の住所と、固定の電話番号が書かれていた。

「……確かご家族が体を悪くされて実家に戻られたんですよね?」

親父が聞いて、裏付けとはこのことだったのか、と一人で納得する。

「そうです。急に仕事を辞めて戻ることになってしまったらしくて。悩んだけど他に介護する人がいない、ともおっしゃってました」

松葉が納得できなかったと言ってたのは正しかったのだ。

それにしても何も黙って引っ越ししなくても、と思った矢先、私は松葉の言葉を思い出した。

『うちの会社、関東より東にしか支店がないんですよね』。なつみさんはそれを知っていたんだ。

「日本の介護問題も、早く政治家がどうにかしてくれないですかねぇ」

橋本さんは親父に向かって、新聞を読むおっさんみたいな話を始めてる。私は早く出たかった。

「ええと、それじゃ、ありがとうございました」

立ち上がって親父を視線で促すと、

「あ、高藤さん。……クリーニングのことは」

橋本さんがまだそんな話をしている。小さい。

「わかってます。佐倉さんには言いません」

エレベーターに向かいながら答えると、

「ありがとうございます」

ほっとした表情が返ってきて、自分が出るときはクリーニング代は絶対払わないと心に決めた。


駐車場に戻ると、松葉が車から降りてタバコを吸っていた。

私たちに気付いて、携帯灰皿を取り出す。

「中で吸ってればよかったのに」

「いえ、最後の一本です」

灰皿の蓋をぱちん、と閉めて、松葉はそれを鞄の中にしまった。

「なつみと付き合い始めてから、ずっとやめてたので」

私は折り曲げたメモ用紙を開いて松葉に手渡す。

「交換条件だったんだ？　親父と」

「そうです。一咲さんの件に協力する代わりに、なつみの住所を提供できる、って言われて」

親父もなかなかずるい手を使う。

「ありがとうございます」

松葉は礼を言ってから紙を受け取った。そこに書かれた文字を、暗記しそうなぐらい眺めている。

たったそれだけの情報を得るために、赤の他人の囮にもなる。なんて一途な人間なんだろう。流行らないよそれ、普通そこまでできないよ。時代遅れな松葉に言ってやりたくなった。でもきっと、飄々と受け流されるんだろう。

「じゃあ、これで全部解決？　もう隠し事もない？」

親父を振り返ると、

「ああ、これで問題ない」

満足そうに親父は笑っていた。

「で、松葉は今からどうするの？」

「ご想像にお任せします」

気取った笑みを浮かべている。

格好付けすぎだ。本当は今すぐにでもここを出たいくせに。最後まで、なんでもないような顔をして去る気だ。なんだかものすごく癪だ。

「一咲さんは、帰るんですか？」

「帰るよ」

後ろにいる親父を意識しながら私は答えた。

「アパートに」

すかさず声が飛んでくる。

「頑固娘」

「誰に似たんだか」

親父だって相当な頑固だ。松葉に負けないぐらい執着心は強い。じゃなきゃあんな真似、できない。

「でもう、一人暮らしに反対はしてないんだよね？」

私が振り向くと、親父はパクチーを食べてしまったときのような渋い顔をして言った。

「……なんでそこまでして一人暮らしがしたいんだ」

親父にきちんと聞かれたのは初めてだった。

人に聞かれて、きちんと答える気になれたのも初めてだ。もう批判は気にしない。

「別に家が嫌になったとかじゃないよ。彼氏ができたとかでもないし。でも、前も言ったけど、できるってわかってるのにやらないとか、やりたいって言ってるだけの人間にはなりたくない。あと、やりかけて途中でやめるとかも、あり得ないでしょ」

慎がしているみたいに、自分が決めたことを貫く。それが私にとっては、一人暮らしだっただけだ。

「ちゃんと考えて、その道でいいって思えたら、周りに呆れられてもしぶとく最後までやりたいの」

慎みたいに、と言いかけて私は、口から出る寸前に言葉を変えた。

「親父とか、松葉サンみたいに」

目の前にある頬が緩みかけて、私は即座に低い声で付け足す。

「まあ、二人とも、やり方はどうかと思うところも多いけど」

後ろで松葉が小さく笑う気配がした。

「……好きにしなさい」

渋い顔に戻った親父が、目を逸らしながらやっと言った。

「……困ったときは助けになるから」

今じゃないけど、と私は内心思う。今じゃないけど親父にはいつか、お礼を言おう。それと父の日には、なんの仕掛けもないプレゼントをあげよう。

「じゃあ、僕はそろそろ」

松葉が腕時計を見た。

「あ、すみません。お引き止めしてしまって。それから、いろいろとありがとうございました。ほら、一咲もお礼を言いなさい」

親父が松葉にまた頭を下げる。

「……ありがとうございました」

嘘をつかれていたことは釈然としないものの、どうやら世話になっていたらしいのでオトナになって頭を下げておいた。

「いいえ、こちらこそありがとうございました」

松葉はすっきりした顔になって、車に乗り込んだ。

エンジンがかかる。キーにはあの、茶色いキーホルダーがついたままだった。あそこにはまた鍵が増えることになるんだろうか。そんなことを考えながら助手席側から中を見ていると、一つ思い出し、声が出てしまった。

「あ」

「……どうかしました？」

「ううん——なんでもない」

「そうですか。じゃあ、失礼します」

松葉は最後にもう一度、こちらに頭を下げて駐車場から車を発進させた。

車が見えなくなると、私は親父に言った。

「親父、携帯持ってる？」

「うん、あるけど」

親父はジャケットの胸ポケットから携帯を取り出す。

「私、実は携帯、昨日友達の家に置いてきちゃって。ちょっとの間借りてていいかな。その子と会えるの火曜だから、来週には返せるはず。親父は会社用のがあるからいいでしょ」

「……しょうがないなぁ」

「ありがとう」

心から感謝の言葉を述べて、私はそれを受け取った。

「じゃあ、帰るね。興信所から連絡があったら教えて。こっちからも実家に電話する」

「わかった。お父さんは地下鉄で帰るから」

駐車場を出るとすぐのところに、地下鉄への階段があった。

「じゃあね」

私が駅の方に向かいながら、四駅分の距離を歩くとどのぐらい時間がかかるか計算していると、親父が後ろから声をかけてきた。

「一咲、たまには帰ってきなさい！」

買い物客の群れの向こう、口のまわりに手でメガホンを作って声をあげている。

「やめて恥ずかしいから」

「それから油断しないで身の回りには充分注意しなさい！」

「わかったって。もうやめて」

最後に親父は幼稚園児みたいにぶんぶんと頭上で手を振って、階段を降りていった。まわりの階段を行き来する人が、道を開けている。

私は早足でそこを去りながら、今年も五月になったら横浜に行くか、と観念してため息をついた。行ってあげるか、と。そのためにもやっぱり節約して今日も歩こう。

途中、大通りから出て買い物客のいない辺りまで来ると、親父に借りた携帯を開いた。歩きながらGPS探索画面を呼び出し、ログインする。アカウントを覚えておいてよかった。自分の記憶力に感謝して、探索結果が表示されるのを待つ。

松葉の車に残されたままの、私の携帯の場所を示す丸印が首都高に乗って、東名――おそらくは愛知――へ向かっているのを確認したとき、さっきまで親父に恥をかかされていたのをすっかり忘れて、私は思いっきり両腕を振り上げてしまった。

5

ゆうべの両親の話を頭の中で繰り返しながら身支度する。

祖母が亡くなった。父は店を畳むことに決めた。それらは全部、もっとずっと先、例えば数年後、に来るはずの話だった。

脳溢血で祖母が倒れたとき、新幹線でかけつけた私に先生は言った。「もう大丈夫ですよ。しばらく頑張れば退院できますからね」――半身が不自由な状態ではありますが、とこともなげに。

父は町の小さな電器屋さんを営んでいる。二代目だ。家電量販店の地方進出にも負けずに、お客さんに呼ばれれば飛んでいく、そういう店だった。

私は高校を出てすぐに東京の短大に行ったため、店は両親だけで回していた。祖母は隣の町に一人で住み、主婦相手にお習字の先生をしていた。家の商売には興味がなかったみたいだ。

そして祖母が退院すると、両親の暮らす家の一階に、介護用のベッドを置くようになった。それだけのスペースがあったのは幸いで、足りなかったのは人手だけだった。強いて挙げるなら介護士を雇うだけの余裕もなかった。

店を閉めてまで介護するわけにはいかない。二階には、私のベッドが戻った。

両親は先に店に行っている。

戸締りをして家を出る。塀に直接取り付けられた郵便受けを開ける。錆び付いて、きい、と鳴る。これを毎日繰り返す。

苦しくなる。

スニーカーで歩き出す。こっちに戻ってから買った。ヒールのない靴をはくなんて数年ぶりで、最初は落ち着かなかった。マニキュアを塗らない爪や、指輪をはめていない指も。

「店は畳もうと思うんだ」――誰が悪いわけでもない。「おばあちゃんの、なつみちゃんへの最後の優しさだったんよ」――伯母が葬式のときに言った。否定する気にはなれなかった。でも遅すぎた。

私は仕事を辞めてしまったし、向こうに戻るべき最大の理由を、嘘をついてまでかき消して来た。

店へは歩いて十五分。その間に答えが出るとは思えない。雨まで降りそうだ。

「ここに残ってもいいし、戻ってもいい。なつみが決めなさい」。昨日母から言われた言葉で、両親の無計画さを改めて感じた。

私は遅くにできたひとりっ子で、短大は奨学金をもらいながら通った。私が卒業した時点で、両親は世間的な定年の年齢に達していたけど、十年前の店の改装ローンが残っていた。そしてその返済がそろそろ終わる頃、祖母が手術と入院、そして介護の手が必要になった。

万事において事が起きてから、私は知った。なぜきちんと備えておかなかったのか、自分たちの歳や収入を考えなかったのか。親を叱る、という虚しい作業をしたくなかった私は黙った。その尻拭いを、他の誰かに押し付けることだけはしたくなかった。ましてや、きちんと話せば本当に引き受けてくれてしまいそうな人には。

私で終わらせなければいけない。そう思って戻ってきたというのに。この半年足らずで、いろいろなことが違う形で終わってしまった。変わったのではなく。

そして郵便受けを覗いている。もっと苦しくなる。それでいい。

住宅街から出る坂を下っていく。目の前を縦に線が通っていった。細い雨。止むだろう。

商店街とは名ばかりの、小さい洋品店や和菓子店が立ち並ぶ通りに、うちの店はある。道の両脇の街灯にはビニールで作られた季節外れの桜の代わりに、そろそろ鯉のぼりが飾られる頃だ。

クリスマス飾りから見ているのに。もうそんな。

立ち止まって見上げると、薄日で照らされた雨が、全部自分に向かってまっすぐ落ちてきている気がした。

いや、本当にそうなのかもしれない。

時計を見る。八時四十五分。

バッグの中身を思い出す。主にポーチと財布の中身。大丈夫、カードがある。

ルートを考え出す。どちらにしても店には寄って、両親に言わなければ。携帯は戻ってくるとき解約したきりだ。こういうときに限って不便。それから駅へ。まずは私鉄に。向かうのは豊橋か名古屋、どちらが早いか。たぶん名古屋。うまくひかりが捕まれば。

服。ああ、構っている暇はない。

学校をサボるみたいに興奮してきた。自分が考えていることが一体どういうことなのか判断できない、ということだけはかろうじて判別がついた。

レンタルビデオ屋さん、床屋さん、お隣の自転車屋さん、と早足で進んでいく。

そして次に、私の立てていた計画は一瞬で無駄になった。

まだシャッターが半分降りているうちの店の前に、人が立っている。手にしている紙片と、中の様子を交互に窺っている。

正しい声の掛け方なんてなかった。

逃げ出すにも体が動かない。

似ている人、結論付けようとして、その腕時計に気付き、私が贈ったものだと気付き、よく見慣れた腕、眺め、よく見慣れたはずの横顔を見て、逃げられない、逃げられない。

会えないと思っていたのに待っていた。

「なつみ」

彰人が私に気付く。笑顔で見ている。

「話したいことがあるんだ」

あんなにまで考え抜いてあの日ついた嘘は、あまりにも不完全で、今更取り繕いようがないことを知る。

涙も、取り繕えないほど流れていく。

限界だった。

全部が揺れる。彰人がここにいる、それだけのことで、今までのこと全部が揺り動かされる。

そして私も立ち尽くすのをやめる。爪先でアスファルトを蹴る。

付き合う前にたまに彼が吸っていたタバコの匂いに混じって、ようやく、よく知った彰人の匂いを感じられた頃、いつの間にか背中に、その腕が回されていることに気付いた。

「また吸い始めたの？」

「ん？」

「タバコ」

「いや、もうやめる。今やめた」

腕に力が込められ、私は肩の辺りで彰人の胸ポケットにある四角い箱を認めた。

少し、苦しい。

6

空の郵便ポストは平和の象徴だ。

そう実感できたのはたった一日、日曜日だけで、月曜日の夜には私の郵便受けに厚みのある白い封筒が入っていた。

宛先、差出人の記載はなく、切手もない。封もされていないようだった。

興信所によると常連は引っ越しを決め、引っ越し先の住所も割れているのでもう心配はないだろう、という話だった。親父の件も、母が昨日、かなりきつく叱ってくれたそうだ。母のメアドを使って親父から、『もうしません。』と、親父の携帯宛にメールが来ていた。

だとしたら怨恨による爆発物の心配はなさそうだ。

ポストから恐る恐る取り出す。意外に重みがある。

階段を上がりながら中を覗いたら、携帯と、手紙。

『お忘れ物です。

してやられた、という感じですが、おあいこですね。

それとすみません、気付いたときにはすでに愛知にいて、昨日戻ってくる途中でメールを受信して、そこで電池が切れてしまいました。』

助手席に座った誰かの足に携帯が当たったところや、その後の呆けた松葉の顔を想像して、私は思わずにやけてしまった。

手紙には続きがあった。

『それから外側のディスプレイに表示されてたメールの差出人、見えてしまったんですが、見間違いじゃなければ、慎、と出てました。

今度お礼がてら、ゆっくりと食事でもしましょう。三人か、もしくは四人で。

松葉』

部屋に入って携帯の充電器を引っ張り出す。

繋いで、十秒待って、電源を入れる。

携帯の立ちあがりというのはなんでこんなに遅いんだろう。

ようやく起動音がして、待ち受け画面が表示される。左上にメールマークと、画面中央に『未読メール　3件』。

土曜に来ていた仁美と泰宏からのメールと、それと一番新しいメールは、本当に慎からだった。

『久し振り。気付いたら、前のメールから一年以上経ってた。お互い、筆不精ですな。

最近どうよ？　俺はようやく、ぽつぽつと仕事の依頼が来るようになったので、今年は堂々とそっちに帰れそう。

それより一咲が一人暮らしで、しかも自活始めたって聞いたんだけど、まじ？　なんか追い付かれたみたいで、正直ちょっと癪だ。

俺はこの一年、椅子しか作ってない。なのにその間に一咲は、学校行って、一人暮らし始めて、しかもバイトもしてるんだろ？　で、お前のことだから司馬とか池波読んでんだろ？　くそ、やりすぎだろそれ。

と思ったら俺もやる気が出てきた。負けてたまるか。

戦友に、感謝。』

安定した生活はまだまだ先だ。早くも次のお給料を前に、米がなくなりかけているし、水道代の請求書も来た。それでなくてもただでさえ、慎の方が一年先に一人暮らしを始めてリードしている。

だけどともかく、同じ土俵には立てたみたいだ。

負けてたまるか、はこっちの台詞。

メールの受信からはもう一日経っている。これ以上空けてしまわないよう、私は戦友に返信を書きながら、持って帰ったコンビニ弁当をレンジで温め始めた。

本書は第二回パピルス新人賞特別賞受賞作品に、加筆・修正したものです。

〈著者紹介〉
芹澤桂　1983年生まれ。日本大学芸術学部文芸学科卒業。2008年、本作「ファディダディ・ストーカーズ」にて第2回パピルス新人賞特別賞を受賞。
http://arustaks.com/

GENTOSHA

ファディダディ・ストーカーズ
2010年4月10日　第1刷発行

著　者　芹澤 桂
発行者　見城 徹

発行所　株式会社 幻冬舎
〒151-0051 東京都渋谷区千駄ヶ谷4-9-7

電話:03(5411)6211(編集)
03(5411)6222(営業)
振替:00120-8-767643
印刷・製本所:中央精版印刷株式会社

検印廃止

Printed in Japan
ISBN978-4-344-01813-6 C0093
幻冬舎ホームページアドレス　http://www.gentosha.co.jp/

この本に関するご意見・ご感想をメールでお寄せいただく場合は、
comment@gentosha.co.jpまで。